Azul

y otros relatos del mar

Azul

y otros relatos del mar

Emma Romeu

ALFAGUARA

AZUL Y OTROS RELATOS DEL MAR
D. R. © Emma Romeu, 2005

ALFAGUARA

De esta edición:
D. R. © Santillana Ediciones Generales, s.a. de c.v., 2005
Av. Universidad núm. 767, col. del Valle
México, 03100, D.F. Teléfono 5688 8966
www.alfaguara.com.mx

- Distribuidora y Editora Aguilar, Altea, Taurus, Alfaguara, S.A.
  Calle 80 Núm. 10-23, Santafé de Bogotá, Colombia.
- Santillana S.A.
  Torrelaguna 60-28043, Madrid, España.
- Santillana S.A.
  Av. San Felipe 731, Lima, Perú.
- Editorial Santillana S. A.
  Av. Rómulo Gallegos, Edif. Zulia 1er. piso
  Boleita Nte., 1071, Caracas, Venezuela.
- Editorial Santillana Inc.
  P.O. Box 19-5462 Hato Rey, 00919, San Juan, Puerto Rico.
- Santillana Publishing Company Inc.
  2105 NW 86th Avenue, 33122, Miami, Fl., E.U.A.
- Ediciones Santillana S.A. (ROU)
  Constitución 1889, 11800, Montevideo, Uruguay.
- Aguilar, Altea, Taurus, Alfaguara, S.A.
  Beazley 3860, 1437, Buenos Aires, Argentina.
- Aguilar Chilena de Ediciones Ltda.
  Dr. Aníbal Ariztía 1444, Providencia, Santiago de Chile.
- Santillana de Costa Rica, S.A.
  La Uraca, 100 mts. Oeste de Migración y Extranjería, San José, Costa Rica.

Primera edición: agosto de 2005

ISBN: 970-770-229-X

D. R. © Diseño de cubierta: Everardo Monteagudo

Impreso en México

Índice

Azul

Marco ya sabía bucear. Había tenido la suerte de aprender con la instructora Fabiola, que no puso impedimentos cuando él le dijo que antes de este encuentro con el agua salada nunca había conocido el mar. La única pregunta que le hizo fue: "¿Sabes nadar?" ¡Claro que sabía! Cerca de su pueblo había un río estrecho donde nadaba, se zambullía y aguantaba la respiración con facilidad, por eso al ver el mar por primera vez enseguida le dieron ganas de hundirse en aquel espejo tan grande y tan azul.

Las primeras doce inmersiones en la honda piscina y en las aguas de la playa con el tanque de aire comprimido a la espalda dejaron a Marco listo para empezar a sumergirse en mar abierto. Según las normas, ya conocía bastante para bajar 20 metros, y por eso ahora podía ir en el barco con los demás del curso de buceo en busca de mayores profundidades lejos de la costa.

—¡Aquí es perfecto! —dijo Fabiola cuando hacía rato que habían zarpado del muelle.

El barco maniobró para quedarse en la posición indicada, mientras los noveles buzos se alistaban para aventurarse en la excitante sesión. Durante el viaje, Marco se había vestido con su recién estrenado traje isotérmico rojo que se ajustaba perfectamente a su figura de adolescente, y era tanta su ansiedad por saltar a las añiles aguas que fue también el primero en colocarse el *aqualung* y probar que el regulador le diera aire en cada bocanada para garantizar su respiración submarina, como le habían enseñado. Ya llevaba en los pies las aletas, a la cintura cargaba el pesadísimo cinto con rectángulos de plomo que lo ayudaría a sumergirse, y acababa de ajustarse la careta cuando recordó que no tenía consigo el batímetro para estar atento a las profundidades. Con movimientos torpes a causa del peso del tanque a sus espaldas y de las inmensas patas, se agachó a sacar el instrumento de su maletín y luego se recostó en la borda para colocárselo, entonces el barco dio un pequeño bandazo que lo obligó a sujetarse y el ligero batímetro se le cayó al agua. Sin pensarlo, se lanzó detrás de él y lo alcanzó antes de que se hundiera totalmente, pero no tomó en cuenta los plomos en su cintura —que como inexperto se había puesto en exceso— y de un tirón fue a parar al fondo.

A pesar del accidente, las burbujas empezaron a subir desde el lecho marino con regularidad, el novato buzo llenaba y vaciaba sus pulmones como había practicado anteriormente. No tenía por qué preocuparse, sólo le faltaba ponerse el batímetro en la muñeca para no perderlo de nuevo y llenar de aire su chaleco compensador que lo ayudaría a regresar rápido arriba para esperar a los demás. Eso era lo que iba a hacer, cuando levantó la vista y perdió de golpe la tranquilidad: un gran tiburón azul a varios metros sobre su cabeza le cerraba el paso a la superficie.

Marco mordió el regulador asustado e instintivamente buscó el cuchillo en su pierna, y al elevarlo para protegerse del tiburón si venía por él, notó que la manga de su traje no se veía roja igual que antes sino que parecía negra, y la manilla del batímetro en su muñeca también había perdido su original color anaranjado volviéndose oscura. Ya no estaba a 15 metros como al caer del barco, sino a 25, pudo comprobar de un vistazo en el batímetro. Aunque habían pasado pocos minutos, la corriente lo arrastraba con rapidez por el inclinado fondo hacia mayor profundidad, a la vez que la columna de agua parecía seleccionar qué colores dejaba avanzar en su viaje a las profundidades; pero el tiburón que nadaba encima seguía inmutablemente azul, ajeno a otra cosa que no fuera dar vueltas cauteloso sobre él para estar seguro de que no había peligro antes de bajar como una flecha y desgarrarlo a dentelladas.

Durante las clases del curso, la instructora no les había especificado de qué manera debían actuar cuando un tiburón se plantara en su camino, como si la posibilidad de que esto ocurriera fuera remota o no quisiera atemorizarlos. Ahora que todo alrededor iba volviéndose de un tono enigmático semejante a la niebla de un pantano y la mancha móvil del maldito tiburón azul no lo dejaba subir, Marco reconocía que aquel curso estaría incompleto para los demás hasta que vivieran esta experiencia. Sintió frío a pesar de que las aguas tendrían 25°C, el fondo en forma de cuña seguía alejándose de la superficie, ya se hallaba a 35 metros de profundidad, había saltado a la fuerza de su rango de principiante a la de buzo intermedio, y a la fuerza también tendría que hacer algo porque el enorme tiburón se desplazaba aún por encima sin ánimo de irse lejos. Entonces pensó que como en el agua las cosas parecen más grandes y cercanas, aquel tiburón quizás no era tan considerable, ni se hallaba tan próximo, sólo esperaba que entre tantos fenómenos visuales siguiera siendo azul y no negro... como la muerte. ¿Y por qué negro?, ¿acaso la muerte no podía ser azul? La gente solía darle sentido a los colores, se decía que el rojo era estimulante, el verde color de reposo y el amarillo símbolo del nerviosismo ¿Y el azul...?, había escuchado que era un color frío y relajante, al que nadie llamaba amenazador: le gustaría ver a un estudioso de la teoría de los colores en estas circunstancias para saber qué cosas nuevas diría del azul.

El batímetro indicaba que seguía descendiendo, mientras el tiburón había cambiado de táctica, ya no nadaba en círculos sino que se alejaba y regresaba constantemente. ¿Qué podría hacer él para que se mantuviera lejos? Ya estaba a 45 metros y los minutos pasaban, se le ocurrió que si subía rápidamente unos metros tal vez lograba desconcertar y ahuyentar al tiburón, lo que le daría tiempo a él para llegar arriba y pedir ayuda. Hizo el intento pero el animal aceleró su nado, podría jurar que se había puesto más nervioso y lejos de huir se acercaba. Marco volvió a bajar y descubrió en la roca un agujero bastante grande, nadó rápidamente para usarlo de escondite, ¡vaya juego con un tiburón!; cuando volvió a asomarse vio a su atento enemigo moverse en las cercanías.

Lo peor que puede hacer un buzo en aprietos es desesperarse, y eso es lo que empezaba a hacer el principiante, el aire en su *aqualung* le duraría unos 30 minutos si no se agitaba demasiado, le daba horror pensar en lo que pasaría si el tiburón no se marchaba en ese tiempo. El aire terminaría por gastarse, y después de los últimos respiros arrancados al tanque, los mudos habitantes del fondo verían pasar a la deriva en la corriente el cuerpo sin vida de un joven vestido de buzo camuflado con el único color que parecía ir quedando a aquella profundidad: el infinito azul.

Aunque no sólo el azul tenía a su alrededor, si se fijaba hacia atrás en aquel agujero donde se había refugiado también tenía el negro, o sea, la ausencia de color. Se movió sin tropezar dentro del agujero que resultó espacioso, por suerte el miedo no le hizo olvidar la linterna impermeable que llevaba en el chaleco, le había parecido casi un juguete cuando se la obsequiaron al comprar su traje en la tienda de buceo, se apuró en palparla, la jaló sin dificultad y la encendió, de sopetón reaparecieron todos los colores en el cono iluminado por la luz blanca. Una nube de pececillos pequeñísimos nadaba hacia la zona más oscura, probablemente conocían otra salida, esperanzado avanzó en la misma dirección que ellos y a pesar de su inexperiencia en la espeleología subacuática descubrió que no se había equivocado, delante tenía el inicio de un túnel con un punto de claridad al final, una cueva que podría ser su salvación. Empezaba a acostumbrarse a la óptica del mar, casi aseguraba que aquella otra salida no se hallaba tan lejos.

Marco volvió atrás para asomarse por la entrada que ya conocía, la sombra acechadora del tiburón seguía afuera. Quedarse en aquel sitio era como decidir morir sin luchar por su vida, así que dejó encendida la linterna, se volteó y se metió por el mismo túnel que los peces impulsándose con sus manos que se agarraban a las paredes. Había olvidado ponerse los guantes y una puntiaguda roca no tardó en hacerle un corte en la mano izquierda, sintió una fuerte punzada mientras buscaba nervioso con la otra mano los guantes en la bolsa del chaleco compensador para evitar nuevas heridas, entonces el vaivén de su cuerpo lo hizo chocar con las paredes y recibió un nuevo pinchazo en el muslo a través del traje de goma, pero este fue más leve. Le preocupaba la tentadora sangre que con seguridad salía de su mano y que no podía ver en la oscuridad, sería un cebo perfecto para cualquier especie hambrienta, aunque era imposible que el corpulento tiburón lo siguiera por aquella estrecha galería. Hasta ahora no había distinguido más habitantes dentro de la oscura cueva que los millares de pececillos que también la usaban de túnel, en este momento no quería investigar si además vivían en ella largas y resbalosas morenas con dientes capaces de volver un plátano pelado a cualquier dedo que se aventurara en su hueco, u otras especies con hambre y osadía suficiente para aumentar sus aprietos.

La ventanita azul del final de la cueva se hallaba cada vez más cerca, la atención de Marco estaba fija en avanzar, alejarse del tiburón y escapar cuanto antes por la siguiente salida para volver a la superficie y lograr que el aire le alcanzara para hacer alguna parada de descompresión en el camino como le habían enseñado. Antes de llegar arriba tendría que eliminar el nitrógeno acumulado en su cuerpo por respirar a aquella profundidad, no quería adquirir en esta —su primera inmersión profunda— alguna de aquellas terribles enfermedades que pueden convertir a cualquier buzo sano en una etcétera. .

Por fin la salida estaba delante de él, sacó la cabeza y distinguió un gran abismo azul frente al talud donde estaba la cueva, pero su cuerpo con el tanque a la espalda no pasaba por la pequeña ventana, la única manera de atravesarla era quitarse el caparazón metálico y salir él primero aguantando la respiración para luego recuperar el *aqualung*. Todo debía ser a buena velocidad ya que de inmediato iba a necesitar respirar, y aunque esta maniobra la había aprendido a hacer en el curso, su experiencia sólo alcanzaba a tres momentos de práctica en una impoluta piscina, y nada más. A pesar de su inseguridad no perdió tiempo, se quitó el tanque para dejarlo en el piso rocoso como habría hecho cualquier buzo experto, lo último que soltó fue la boquilla de la que sacó aire con fuerza antes de dejarla atrás y salir rápidamente de la cueva. Enseguida jaló el tanque desde afuera y se apuró en volver a ponérselo. Apenas retomó la boquilla y respiró miró el batímetro: ¡se hallaba a 60 metros!

Su manómetro indicaba que no le quedaba demasiado aire en el tanque como para desperdiciarlo, por lo que eliminó de su cinturón varios de los rectángulos de plomo que lo habían llevado al fondo y los dejó caer al abismo para poder subir con más facilidad junto a la pared casi vertical. Quizás un buzo avanzado ya se sentiría a salvo, pero él respiraba demasiado rápido y empezó a sentir que debía jalar el aire con más fuerza, el contenido del tanque disminuía velozmente.

Alrededor todo era de un tono azul grisáceo, delante tenía el abismo, detrás la pared del talud donde las esponjas, corales y peces parecían animales de un planeta misterioso en el que todo era del mismo color. Del guante de su mano izquierda se escapaba un hilillo de sangre irreconocible, si las circunstancias no fueran tan peligrosas, hasta presumiría de esta rara sangre a tono con el panorama azul, muy distinta a la de cualquier mortal de la superficie, ¡oh, sí!, "el príncipe de las profundidades". El alarmante hilo de sangre lo seguía y se agarró la mano tratando de detenerlo, mientras pateaba para subir.

Ascendía y el batímetro marcaba que estaba a 49 metros de la superficie cuando redescubrió el color verde en una esponja incrustada en la roca del talud cerca de un ramificado coral negro, siguió despacio hacia arriba y a los 30 metros sus patas de rana volvieron a ser amarillas. No recordaba a qué profundidad debía detenerse según las normas de descompresión, pues para eso estaba la tabla impresa en plástico que buscó en su chaleco sin encontrarla, seguramente se le había caído en la cueva al sacar los guantes. Lo mejor sería quedarse quieto en esa misma profundidad el mayor tiempo que pudiera para evitar cualquier problema, y así lo hizo.

La luz del sol volvía a estar más cerca y ya no sentía tanta presión sobre sí. Las burbujas de aire que salían de su regulador brillaban mientras escapaban hacia arriba, casi podía decirse que disfrutaba del momento cuando lo vio a lo lejos, y lo que era peor: estaba seguro de que el temible tiburón azul atraído por la sangre de su mano también lo había visto a él. Esta vez agarró el cuchillo con exasperación, sabía que la sangre pondría loco al animal y volvió a patear hacia la superficie, ya la pared detrás de él no era protección pues el talud se había convertido abruptamente en un plano poco inclinado que avanzaba hacia la costa. Se hallaba dentro de la plataforma insular, lo que no le servía de mucho, todavía estaba en el reinado azul de aquel tiburón tan persistente. La corriente lo volvía a arrastrar aunque ahora cada vez hacia menor profundidad, debajo de él reapareció el color anaranjado en unas gorgóneas de formas muy extravagantes visitadas por un cardumen de peces rayados. El tiburón azul también movía su largo cuerpo hidrodinámico pero en dirección a él, esta vez venía desde abajo, ahora sí tendría que enfrentarlo, extendió el brazo con el cuchillo, no había dudas de que el voraz dentudo venía a despedazarlo, tuvo que girar para mantenerlo de frente y ya casi lo veía levantar la cabeza y bajar la mandíbula inferior preparado para morder cuando repentinamente el animal cambió el rumbo y se retiró de forma extraña. Marco notó entonces el sonido metálico de varios cuchillos que chocaban contra los tanques de buceo a su espalda y al voltearse vio a sus compañeros del curso que ya estaban junto a él, la instructora Fabiola le agarró la cabeza con las dos manos eufórica por encontrarlo y le tocó el regulador para cerciorarse de que todo se hallaba en orden. El joven buzo colocó el pulgar y el índice en círculo como le habían enseñado para indicar que estaba bien y acompañado por los demás subió a la superficie. En el barco hicieron sonar la sirena de júbilo.

Cuando estuvo de regreso en cubierta, Marco se quitó la careta, se limpió la nariz y escupió. Luego se empinó un pomo de miel que le acercaron para recuperar calorías y miró el cielo azul que se reflejaba en el mar. Y esta vez el color del infinito le provocó una profunda alegría.

El pecio

Andrea agitó la mano por última vez desde el muelle. El sol picaba fuerte y no se demoró en recoger del piso el pareo que se le había caído de la cintura, volvió a colocárselo sobre su bikini negro y regresó enseguida al estanque de los delfines.

Jorge Luis y Rafael dejaron de sonreír cuando la muchacha que los despedía estuvo de espaldas, pero no desviaron los ojos de su contorneada silueta mientras el yate que los llevaba al pecio se alejaba de la costa. Los jóvenes buzos iban a sumergirse en los restos del barco hundido como parte de una tarea, ambos cursaban la especialidad de arqueología subacuática en el enorme instituto de investigaciones oceanográficas donde Andrea era cuidadora de los mamíferos marinos.

Cualquiera de los dos jóvenes habría inventado un pretexto para quedarse en tierra si el otro no hubiera ido también en esta misión. Ninguno quería dejar sola a Andrea a la hora de almuerzo, estaban seguros de que se acercaba el momento en que ella escogería a uno de los dos. No se sabía quién llevaba ventajas, aunque la última semana le había tocado a Jorge Luis guardar los instrumentos después de la clase práctica del curso, y cada vez que llegaba a buscar a Andrea ya Rafael estaba con ella y la hacía reír. Para quienes lo veían por primera vez, Rafael, flaco, con nariz halconada y aspecto de antihéroe, inspiraba más compasión que ganas de concederle una cita, pero el buzo tenía una forma especial de decir seriamente los chistes, y siempre que se hallaba cerca de Andrea se esmeraba en sacarle partido a su gracia natural.

Si algo le molestaba a Jorge Luis era tener que competir con un ser tan insignificante físicamente. Mientras que él ostentaba un magnífico cuerpo de nadador, gracias a que practicaba el deporte desde niño, Rafael —que había aprendido a bucear hacía poco para obtener una profesión y buscarse la vida— era de hombros estrechos y sin ninguna importante musculatura. Jorge Luis poseía además una dentadura digna de convertirse en prototipo para una clase de endodoncia, y aunque su cara era demasiado ancha y sus cejas gruesas le conferían una expresión huraña, sabía que al primer golpe de vista la mayoría de las muchachas se impactaban con su apariencia salvaje, lo que era imposible que le pasara a Rafael, cuyos dientes eran pequeños como los de una rata y en la cara estrecha le habían quedado marcas de acné. Pero con Andrea parecía que la regla se había roto a causa del esfuerzo por llamar la atención de aquel payaso desgarbado que había llegado al curso a la vez que él. Desde entonces, el flaco Rafael empezó a tomar el primer autobús que se acercaba al Instituto de Investigaciones en la mañana para llegar temprano a donde estaba Andrea y ayudarla a cargar los cubos de pescado con que alimentaba a los animales. Tan pronto Jorge Luis lo descubrió hizo lo mismo, pero con la superioridad motora de que como llevaba más tiempo trabajando de buzo ya tenía coche y sólo dependía de lograr madrugar para aventajar a Rafael. Todos los días Andrea era de las primeras en llegar al trabajo con su hermana, una doctora en bióloga marina del departamento de plancton que manejaba un casi redondo volkswagen color violeta.

Buscar objetos en el pecio era la primera misión que les encomendaban juntos a Jorge Luis y a Rafael, mientras el resto de los buzos que tomaba el curso de arqueología subacuática se quedaba en tierra, cada uno ocupado en clasificar distintos materiales ya existentes. Ninguno de los dos jóvenes se había dirigido palabras desde que subieron al yate, en realidad sólo hablaban cuando estaban delante de Andrea, en conversaciones de mesa que forzosamente se volvían pláticas de tres. Después del almuerzo, cuando dejaban a la muchacha cerca del estanque de los delfines, cada uno partía por su lado y llegaban separados a la clase para acomodarse en esquinas distintas rodeados de los compañeros que les eran más afines. El grupo de Rafael, bastante bullicioso, con frecuencia estallaba en carcajadas por los chistes de aquel. Los del otro bando solían ser más circunspectos, aunque también se juntaban a ratos y escandalizaban en un duelo de bravuconadas para jactarse de lo que lograban en sus inmersiones en el mar. Una vez, uno de los del grupo contrario se atrevió a bromear con Jorge Luis sobre su rivalidad de amores con el enjuto Rafael. Poco faltó para que Jorge Luis lo golpeara, y si todo quedó en algunos empujones y palabras fuertes, fue gracias a que apareció el conferencista invitado, que platicó largo rato sobre los objetos encontrados en un antiguo galeón español que se descubrió en el mar de las Filipinas. A pesar de la pelea siguieron los comentarios y Jorge Luis sintió que su irritación contra el raquítico pretendiente de Andrea crecía.

El yate navegaba desde hacía buen rato sin que lograran hallar el pecio, al parecer la boya que lo señalaba se había zafado con el oleaje, por fin el capitán hizo un cálculo de navegación costera y llegaron al lugar. Antes de lanzarse al agua, Rafael pensó que sería buena idea dejar una señal para que el yate los ubicara rápidamente a la hora de recogerlos, tenía prohibido anclar sobre el pecio y con seguridad sería arrastrado por la corriente.

Desenrollaron un carrete de fina cuerda de plástico para amarrarle a una punta una boya pintada de rojo y a la otra un peso muerto; luego la dejaron caer sobre el pecio. Los dos buzos no tardaron en terminar de ajustarse la careta y la boquilla del *aqualung* y se lanzaron al agua. Mientras descendían, Rafael vio la estirada cuerda que había quedado pegada a una banda visible del barco hundido entre la boya y el peso muerto.

El pecio se mantenía igual que en su anterior visita con uno de los profesores del curso. Aun así, era emocionante recorrer de nuevo los restos de aquel barco mercante que había naufragado veinte años atrás al chocar a toda velocidad contra el bajo rocoso. Con los años, las partes externas del barco se habían llenado de corales, y el sedimento y otros organismos incrustantes cubrían adentro hasta los objetos más comunes volviéndolos piezas indescifrables. Justamente ese era el reto, encontrar fragmentos camuflados por el mar y el tiempo para que sirvieran de ejemplo en la próxima clase de arqueología subacuática. Algunas piezas eran fácilmente identificables, como las pilas de lavamanos o las botellas de vino de las bodegas, que a veces se mantenían selladas y conservaban su contenido. Los buzos del curso anterior habían brindado con una botella de caro vino francés cubierta de carbonato de calcio que descubrió uno de ellos; pero luego de chocar las copas nadie se pudo tomar el vino porque estaba tan ácido como el más crudo de los vinagres.

Si bien el pecio no se hallaba a mucha profundidad —más bien ridícula comparada con la de las fosas abisales—, cualquier profundidad resultaba suficiente para ponerlos en apuros si se descuidaban. Los dos buceadores llegaron al fondo y se movieron entre los restos del barco con la cautela habitual. Todavía parte del barco mantenía su estructura, aunque ya no era posible identificar el puente convertido en pedazos por el último ciclón, los buzos se introdujeron por una abertura y nadaron hacia la popa a lo largo de un pasillo herrumbroso. La luz que llegaba de la superficie entraba por las claraboyas y las múltiples roturas del barco.

Jorge Luis nadaba seguido de cerca por Rafael, que cuando se distraía chocaba con las patas de rana del que iba delante. Lo primero que hizo detenerse al flaco buzo fueron los estirados rejos de una gran langosta a la que recorrió con su linterna para verla mejor, su compañero volteó la cabeza irritado, parecía apurado por salir de aquella misión; el otro notó el gesto y volvió a nadar. Casi enseguida, Jorge Luis encontró el primer objeto. Era alargado y estaba absolutamente recubierto de bivalvos, lo golpeó contra un borde del corredor por el que avanzaban, los trozos de conchas cayeron al fondo y unos pedazos desvencijados del borde también cayeron. El objeto recogido parecía una larga herramienta y el buzo la llevó como un bastón; Rafael volvió a seguirlo.

Nuevamente el que nadaba delante se detuvo para recoger una pequeña concreción del suelo, tenía forma redondeada y podría ser el pomo de una puerta, sin mostrárselo a Rafael lo guardó en su zurrón de malla y siguió avanzando hasta que se apoyó en una pared para arrancar los restos de una lámpara forrada de algas a la que le llegaba directamente luz de la superficie por un orificio en la antigua cubierta del buque. Rafael quería hacer pronto sus propios hallazgos, pero el pecio había sido esculcado por cientos de buzos desde que se fundó el curso de arqueología y lo poco que quedaba era descubierto por el hábil compañero que iba delante. Para cambiar su suerte, miró alrededor, la entrada a un persistente camarote estaba semiabierta, los restos de la puerta y otros trozos del barco derruido dejaban poco espacio para pasar. En esta ocasión sería una ventaja su delgadez, no muchos buzos cabrían por aquella entrada. Seguramente adentro lo esperaban sorpresas.

Jorge Luis se había pegado al fondo para recoger otra pieza, y cuando se volteó para exponerla a la luz de un agujero se quedó observando escéptico cómo Rafael intentaba atravesar la abertura del camarote a la vez que le hacía una señal de que lo esperara. Ya tenía parte del cuerpo adentro, el tanque le obstruía el paso y tuvo que empujar para que éste pasara; así cayó en el interior sin mucha elegancia. De inmediato sintió un sonido y se dio cuenta de que el empujón había hecho moverse una viga o algo parecido afuera de la entrada y ahora la abertura quedaba dividida en dos espacios, uno encima del otro y por ninguno de ellos podría salir. No tardó en ver asomarse el visor de Jorge Luis por el agujero de arriba y notó en su cara una mueca de fastidio, luego vio en el hueco inferior una de sus aletas, lo que indicaba que se hallaba de pie sobre el fondo e imaginó que estaría intentando quitar la viga. Rafael miró a su alrededor para investigar si podía hacer algo desde adentro para liberarse. El espacio del camarote no era amplio, contaba con dos claraboyas por las que entraba alguna luz, pero quedaban muchos puntos oscuros y los alumbró con la linterna, empujo las paredes y las sintió compactadas desde afuera, quizás por el sedimento o por otros restos del barco, no había más forma de escapar que por la sellada puerta y desde su ratonera no quedaba nada que lo pudiera ayudar, sólo había agua y algunos peces de poca talla que entraban y salían por las claraboyas y otros agujeros. Regresó junto a la puerta para empujarla, suponía que Jorge Luis seguiría tratando de destrabarla del otro lado y buscó en qué apoyarse, sólo vio un saliente carrasposo en la pared que en los buenos tiempos del barco podría haber sido un colgador para los abrigos, se agarró de aquello y el guante se le desgarró mientras la puerta seguía inmutable.

Aunque parecía inútil insistir en hacer fuerza desde adentro, sacó su cuchillo y le dio algunos golpes al saliente para limpiarlo de las incrustaciones e intentarlo de nuevo, fue quedando a la vista una especie de manigueta curva. El cuchillo siguió hurgando y se clavó en la unión entre aquel saliente y el tabique, escarbó más y el impulso hundió parte de la pared. Sintió alegría, si en ese punto la pared estaba tan vencida por el tiempo y el mar no le sería difícil tumbarla y salir. ¡Ja!, buena sorpresa tendría Jorge Luis cuando él apareciera nadando por el otro extremo del corredor sumergido. Siguió animado su trabajo con el cuchillo, los pedazos caían y ya había abierto un hoyo de treinta centímetros cuando el cuchillo no pudo avanzar más, la pared volvía a ponerse impenetrable. Metió la linterna por el agujero que había abierto y encontró que aquel daba a una especie de bóveda, hundió más la linterna en la inesperada oquedad, y aún cuando desde hacía rato la luz de la linterna había disminuido a causa de las desgastadas baterías que había olvidado cambiar antes de la inmersión, fue suficiente para descubrir en el interior de la bóveda una caja metálica pequeña, parecida a un cofre diminuto que sacó enseguida. No necesitaba ser demasiado experto en pecios para saber que había dado con algún tipo de caja fuerte carcomida por las aguas y aquel cofre sellado por las sales con seguridad contenía algo valioso. Intentó abrirlo sin éxito, hasta que lo guardó en la bolsa de su chaleco compensador porque el tiempo pasaba y el tanque le daría aire para respirar unos diez minutos más, sólo metió de nuevo la mano en el chaleco y palpó de nuevo la caja, luego se cercioró de que la bolsa quedara bien sellada para que no se le fuera a caer aquel tesoro.

Volvió a acercar la cara al agujero superior en la puerta del camarote, trató de encender nuevamente la linterna pero ya no funcionaba. De todas formas, el otro buzo no parecía estar tras la puerta, quizás había ido en busca de ayuda. Temió que no actuara rápido, y aunque tenía clara la ética de buceo que no permite abandonar a un compañero en dificultades, recordó las rivalidades entre ambos, y le molestó que se demorara en liberarlo; quizás esperaba hasta el último momento para poder contarle a Andrea lo asustado que estaba cuando lo rescató del camarote sumergido. Pero él ya tenía algo que aventajaba a Jorge Luis en este viaje submarino y era aquella caja cerrada; sería un secreto que sólo compartiría con la joven cuidadora, ya que si otros se enteraban lo obligarían a entregarlo para analizarlo y si tenía el valor que pensaba se convertiría en una de las joyas del museo naval. Conocía las normas, pero de ninguna manera iba a perder la oportunidad de fascinar a Andrea con un exorbitante regalo misterioso: ya quería saber qué contenía la caja.

De repente el agua trajo otro ruido a sus oídos, parecía venir de metales que chocaban, y enseguida volvió el silencio. ¿Qué estaría haciendo Jorge Luis? No tenía certeza del largo de aquello que lo había encerrado, pero si sólo alcanzaba a sellar la puerta no debía ser muy grande, ¿por qué no acababa de quitarlo de una vez? Se acercó a la claraboya para ganar paciencia, dos barracudas pequeñas pasaron nadando libremente afuera y pudo ver de cerca sus escamas plateadas. La luz que llegaba de la superficie iluminaba el paisaje submarino, era un sitio plano y rocoso sin demasiada vida, toda parecía concentrarse en los agujeros del barco hundido y sus pedazos dispersos, donde crecían algas, esponjas, poliquetos, anémonas y pululaban los peces y crustáceos. El lugar parecía tranquilo. Entonces temió que Jorge Luis no hubiera tomado en serio su encierro y continuara solitario la misión que los dos habían venido a hacer, esperando a que él se las arreglara solo para salir. Quizás ahora se apuraba en rellenar su zurrón de los escasos objetos que encontrara en el pecio para después acusarlo de incapaz delante de los demás. Sería una bajeza, pero también un golpe astuto porque el comentario también llegaría a Andrea que no querría salir con un sapo inepto en las profundidades; ella era una perfecta nadadora. Su preocupación por la jugada que le podrían estar haciendo lo había distraído unos instantes del exacto manómetro y éste ya empezaba a indicar la urgencia del tanque por ser recargado. En poco tiempo tendría que jalar la palanca de reserva para obtener unos minutos más de respiración. Sus ojos volvieron a caer sobre el instrumento que colgaba de su tanque sin dejar de pensar en el mismo tema, si Jorge Luis no se apuraba era hombre muerto. ¿Acaso lo estaría haciendo a propósito para deshacerse de él?

Para no aumentar la angustia, que lo hacía respirar más rápido del poco aire que quedaba en el tanque, trató de concentrarse en algo distinto y pensó en su tesoro. Volvió a tocar el cofre por encima de la bolsa, cada vez estaba más seguro de tener en su chaleco un valor extraordinario, y ahora imaginó que el cofre contenía varias joyas. Escogería un precioso collar, posiblemente de diamantes, para Andrea; con el resto podría salir de pobre, comprarse un coche, llenar su siempre escuálida billetera y gastar por primera vez en su vida en ropa de diseño especial que lo hiciera lucir ante ella con un nuevo estilo, como quien dice volverse guapo de repente.

Sólo faltaba que el rencor de Jorge Luis no le truncara estos sueños dejándolo ahogarse allí;

aunque no quería, volvía a sus pensamientos. Cada vez desconfiaba más, ¿por qué no lo había sacado aún de aquel camarote fósil? Únicamente se trataba de retirar una estúpida tronca, no había razón para tanta demora, ya no quedaba tiempo y el otro buzo lo sabía, ambos tenían la misma cantidad de aire en sus tanques y si él empezaba a respirar con la reserva que muy pronto se agotaría, lo mismo le debía estar pasando al que estaba afuera.

Rafael se pegó al agujero de la puerta, trató de ver por la ranura de arriba lo que ocurría del otro lado, pero de nuevo no distinguió nada, se hundió hasta la de abajo y tampoco. Cada vez tenía que hacer más esfuerzo para arrancarle al tanque las bocanadas de aire, ¿cuántas le quedarían? Nunca creyó a Jorge Luis capaz de dejarlo morir. Él no lo habría abandonado en medio de una tragedia, ni siquiera le desearía ningún accidente para ganar terreno con Andrea.

Súbitamente, un chirrido fuerte llegó hasta los oídos de Rafael, que se incorporó con rapidez del fondo, la pared delante de él se movió perceptiblemente como si la fuerza de un temblor de tierra empezara a actuar sobre el camarote. A pesar de su terror notó que la viga que sellaba la salida había caído y por la abertura se colaban herrumbrosos productos del impacto de lo que ocurría afuera, tenía delante la forma de escapar; se agachó y se metió con el tanque por el agujero.

Ya del otro lado nadó en el agua turbia lo más aprisa que le permitía el espacio del corredor, que parecía haber perdido altura, el piso se había llenado de planchuelas partidas del barco, debajo de ellas vio una aleta conocida. La jaló con la esperanza de que Jorge Luis la hubiera perdido en la escapada, pero adentro estaba su pie, se apuró en mover la mayor planchuela y debajo apareció la cabeza del buzo, en su boca todavía estaba el regulador pero las partículas que se levantaban del fondo por el derrumbe no dejaban ver si de éste salían burbujas de aire.

Rafael respiraba de su tanque con dificultad. En el suelo encontró la herramienta con que el propio Jorge Luis había provocado aquel desplome para salvarlo, y la usó bruscamente de nuevo como palanca para quitarle de encima un pesado hierro que lo aprisionaba por el hombro. Cuando pudo moverlo lo cargó para salir del pecio. Apenas estuvo en el borde roto del barco que le daba salida al mar abierto, el fatigado buzo se impulsó hacia la superficie arrastrando el cuerpo inanimado de su compañero. Pateó con las fuerzas que le quedaban para subir, pero ya su tanque no le daba nada de aire y el corazón le enviaba señales, hizo un esfuerzo por ascender sin soltar su carga, tal vez le faltaban pocos metros cuando todo se puso oscuro en su cabeza; sólo recobró el conocimiento cuando palmearon su cara los del barco, que atentos a las aguas transparentes junto a la boya notaron desde cubierta la extraña emersión de los buzos y se habían lanzado a rescatarlos. También palmearon expeditamente el rostro de Jorge Luis, golpearon su pecho para revivirlo y le dieron aire boca a boca, pero éste no volvió a respirar.

El día del entierro, los buzos afines a Jorge Luis en el curso de arqueología subacuática se juntaron en un extremo; y en el otro estaban los amigos de Rafael. No se hablaban entre sí, pero en verdad nadie hablaba en el funeral, ni la familia y sus acompañantes, ni los empleados y directivos del instituto de investigaciones. Andrea, también silenciosa, vestida con un traje negro que realzaba su bronceada beldad, se había parado entre los dos grupos del curso. En el momento en que iban a cargar la caja para bajarla a la fosa apareció abatido Rafael, aún más delgado que antes, traía con solemnidad en la mano un rectangular y añoso objeto que los presentes no reconocían y pidió que lo dejaran colocarlo encima de la caja. Por primera vez se escucharon susurros. Los padres de Jorge Luis dudaron, pero el joven buzo había sido el último en ver a su hijo con vida y la madre presintió que haría bien en aceptar aquella ofrenda. Sin dilatar el momento, Rafael depositó intacto sobre el féretro el pequeño cofre sellado por las sales que había encontrado en la bóveda sumergida. Entonces, ajeno a los murmullos de los restantes buzos del curso intrigados con lo que parecía una buena pieza arqueológica, el flaco retrocedió un paso, dio media vuelta para acercarse a Andrea que había estallado en convulsivo llanto, y sin esperar más, solícito y cariñoso, la tomó de la mano y se la llevó del funeral.

Memorias de un degollado

—¡Degollado!

¡*Alabao*! ¡Dondequiera lo conocen a uno...!

—¡Degollado, ¿tú en la capital?!

Pero a este bigotudo con papada que se baja del carro y viene hacia mí no lo he visto en mi vida. Aunque si sabe mi apodo debe ser de mi pueblo. "¿Cómo está, hombre?", le digo con tiento mientras me abraza sin que lo inhiba mi desconcierto y me hace chocar con su gran barriga. Huele a tabaco bueno, del que ya no se consigue con la crisis, ¿quién será?

—¡Degollado, ¿cómo no te vas a acordar de mí?!

Me oprime de nuevo cariñoso. Me zarandea y sonríe. Ay, esa sonrisa...

—¡Degollado, soy Fildiberto, *El Fildi*!

Y ahí sí que me tengo que agarrar yo mi panza, que no es voluminosa como la de él sino esmirriada como la del personaje de la tele. Ya *El Fildi* se ríe a mandíbula batiente, con su boca de zorro listo de siempre.

—A ver la cicatriz, a ver...

Se me encima otra vez y me planta el dedote en el costurón sobre la tráquea.

—¡Ay Degollado, qué alegría me da verte! —me dice y me estruja de nuevo.

A mí también me alegra, ¡cómo no me va a alegrar si hasta le debo la vida! Gracias a Fildi aún estoy coleando. Y es un milagro encontrármelo en esta ciudad, cuando sólo vine en un viaje de *corre corre* a buscar unas piezas para el barco en el mercado negro. ¡Deja que se lo cuente a Pedrito, mi hermano! Porque a Fildi lo perdimos de vista hace un siglo, parece que el pueblo le empezó a quedar lejos… Y no hay dudas de que le va bien; no me extraña, desde entonces sabía moverse diferente, no como uno que nunca ha soltado el chinchorro y los anzuelos… y las calamidades.

Lo empujo para separarlo y lo miro: aparte de un montón de libras más, tiene un bigote canoso y la calva que le llega al huesito de la alegría, ¿quién lo iba a reconocer a primera vista...? A mí sí es fácil descubrirme, no ha cambiado tanto mi cara flaca a pesar de las arrugas, y sigo teniendo el mismito peludo cabezón, claro que ahora con más pelos blancos que de ningún otro color. Pero a pesar de sus cambios a la gente como Fildi uno nunca la olvida. *Fildiberto, el grande*, le decíamos cada vez que los motores del barco empezaban a cancanear y él se metía en el engrasado cuarto de las máquinas a arreglarlos; aunque faltaran piezas de repuesto o estuviera complicado el problema nunca nos dejó a la deriva. Y era hombre de buenas ideas, ya que el pobre patrón —si bien conocía como si fueran la sala de su casa todas las rutas de pesca— no era muy avispado para otros menesteres; ¡menos mal que Fildi estaba con nosotros en aquel viaje!

—¡Ay, Degollado, ¿te acuerdas?

Cómo no me iba a acordar si en mi vida he pasado un susto más grande, fue cuando me degollaron...

Esa noche, cuando me degollaron, habíamos fondeado en nuestra zona de pesca cerca de Bahamas. Dormíamos tirados en cubierta por el calor, éramos cinco: Fildi, Pancho Ramón que era el patrón, la viejita como le decíamos a aquel otro marinero flaco y desdentado, mi hermano Pedrito y yo. A veces dejábamos a uno de nosotros de guardia pero no lo hicimos en esa ocasión... De pronto yo sentí algo frío en el cuello y me desperté de un brinco, y entonces una navaja se clavó en mi gaznate, creo que fue accidente por mi impulso pues si hubieran querido matarnos a todos lo tenían facilito, pero el caso es que el pirata me cortó la tráquea y no pude decir ni pío. Por fin el trajín despertó a los demás, que ya tenían encima las pistolas apuntándoles, mi hermano me vio caído y saltó hacia mí, y Fildi enseguida pactó con aquellos hombres para que dejaran a Pedrito atenderme. Me acuerdo que Fildi, sin mirar la pistola que le apuntaba, orientaba apurado a mi hermano: "Ponle un trapo en el cuello para que no se desangre, apriétalo ahí para que no se le vaya la sangre para adentro", y Pedrito le hacía caso en todo a pesar de que estaba más asustado que yo. No sé si Fildi había visto eso antes en alguna película, lo que sé es que la sangre se me contuvo bastante y no me ahogué con ella.

Los asaltantes eran de un grupo armado y aseguraban que iban a quemar nuestro barco para sembrar el terror entre los pescadores y desestabilizar al país, uno de ellos juraba que a su padre lo habían fusilado los gobernantes en nuestra isla y desde entonces buscaba la manera de derrocarlos; y a la vez nos decían que a nosotros nos dejarían llegar a la costa en el bote de salvamento. Como estábamos lejos de cualquier poblado, ¡isletas vacías no más teníamos delante!, Fildi les pidió que desistieran para que yo no me muriera en el bote de remos. Pero no iban a llegar hasta allí y formar tanto alboroto y hasta cortarme el gaznate para largarse de nuevo sin haber hecho nada impactante; entonces, quizás para no parecernos tan desalmados, se ofrecieron a llevarme en su barco y dejarme cerca de un doctor. Mi hermano temblaba, su mano que no me quitaba del gaznate temblaba de miedo de que me llevaran y me pudieran lanzar más adelante al mar para salir del problema, ¿cómo íbamos a tenerles confianza a unos piratas? Fildi se opuso con una voz que me hizo sentir importante a pesar de mi desgracia, les decía que a donde yo fuera irían ellos. Y siguió nuestra odisea.

De todo lo que nos ha pasado en esta vida en el mar a mi hermano y a mí, cada vez que Pedrito se emborracha en el pueblo siempre escoge para contar el momento en que la lancha de los asaltantes se alejaba, y el barco de nosotros ardía en medio de las aguas como si fuera de papel. Eso lo vieron ellos desde el bote en el que íbamos hacia las isletas, mientras yo me desmayaba de dolor acostado en la popa. Y en el centro de esa tragedia, si mi mente aterrada pensaba en algo era en mi madre, que si me le moría en el mar, la pobre vieja se moriría después de la tristeza, y la imaginaba esperándonos en la casa con sus cacharros listos para ponerlos en el fogón, mirando la calle a cada rato para vernos llegar; seguro que mi hermano Pedrito también pensaba en lo mismo.

La noche estaba clara, y Fildiberto enseguida hizo un plan para ponernos a salvo: la táctica era ir de islote en islote hasta llegar a un lugar habitado. Y así lo hicimos, derivamos por las aguas costeras con la luna sobre la cabeza, Pancho Ramón iba en la proa para vigilar las corrientes que de eso sí sabía, y los otros dándole a los remos hacia donde él dijera, hasta que al cabo de unas horas ya era de día y me parece que se acercaron a una playa a tumbar cocos porque hacía falta agua para tomar. Los oía hablar de agarrar un pescado para hacerme una sopa a mí, al degollado, como me empezaron a llamar entonces; después, cuando mejoré, ya no hubo Dios que me quitara el nombre.

Yo me iba debilitando cada vez más, y respiraba por cualquier sitio, por la boca, por la nariz y hasta por el agujero de mi gaznate, en el que se me formaba una espumita de sangre con el aire que salía. Al fin, antes de que cayera la noche de nuevo, nos recogió el barco de otros pescadores del lugar y nos llevaron a una ciudad pequeña de población negra que hablaba inglés. A mí me metieron directo a un hospitalito mísero donde me cosieron la herida, y me dejaron acostado. Me sentía horrible.

A los dos o tres días llegó por radio la noticia: las autoridades avisaban que podríamos subir a un avión que salía en unas horas para Santo Domingo y de ahí tomaríamos otro. Toda una vuelta había que dar por los problemas políticos, aunque en una avioneta de Bahamas a mi pueblo de pescadores en la costa norte de Cuba hubiera sido un salto de mono. El médico del hospital, un mulato flaco y canoso con lentes de armazón metálica, se opuso a que yo viajara, me había agarrado fuerza una infección y deliraba a ratos.

Mis amigos otra vez se negaron a separarse de mí y sentí que me cargaban dos de ellos, mientras Pedrito me explicaba al oído que se iban a arriesgar a llevarme porque si no me había muerto en el bote en el mar, no me iba a morir por el meneo del avión. En aquel entonces ninguno de nosotros había montado nunca en avión.

—¡Ay, Degollado, como ha pasado el tiempo!

Sí, Fildi, han pasado más de treinta años y mucha agua ha quedado detrás de las propelas. De casi todo hemos pasado en estos años. Aquí está mi cicatriz, igual que la que tienen otros en tantos lugares, hasta en el corazón, pero mejor no hablar de heridas, que las heridas se abren si uno las zarandea.

—Ay, Degollado.

—Ay, Fildi, hermano —le digo en un abrazo, y vuelvo a tropezar con su gran barriga que no fue suficiente para separarnos.

Xóchitl

Al principio yo no podía decir su nombre, me sonaba más extraño que las palabras del cura vasco que nos visitó en Canarias. Luego supe que significaba flor y la palabra se me ablandó. Desde entonces digo Xóchitl con dulzura, como si mi lengua probara un panal; pero ni aprender su habla, ni beber el pulque hecho del agave para alegrar la cabeza, ni empezar a comer tortilla de maíz como loco o *ensirocado*, que para el caso es lo mismo, me ayudaron cuando hizo falta. Aunque mejor me explico desde el principio para que me entiendas, porque mi idioma sigue siendo el español, por más que me estremezca aún cada vez que en lengua náhuatl escuche un susurro.

El día que me despediste en el puerto pensé que todo podía pasarme, todo menos lo que me pasó. Lo primero que creí era que iba a llegar a donde iba para empezar una nueva vida. Viajaba con tantos sueños a Venezuela que casi no veía a la gente, ni hablaba con los demás; de tanto tropezar en el barco atestado ya me imaginé que estaba solo y así viajaba mejor.

Pero la soledad es mala, aunque sea en la imaginación, por eso andaba lelo esa noche en la escalera cuando tropecé y volé por encima de la borda para caer en el mismísimo océano. Si no me morí del susto esa vez, no me voy a morir de nada nunca. El mar estaba con mucho movimiento, y arriba a cada rato se asomaban unos rayos que encendían todo el cielo, el pánico no me dejó gritar, ni llorar, ni hacer nada más que meter brazadas para no hundirme. Así, entre brazada y sube y baja de la ola, me di cuenta que el barco se alejaba y fue cuando traté de dar voces, pero me atoró el agua, como si todo lo demás no fuera bastante. "Eso no, Julianito, no grites aquí que los peces son sordos", me dijo el instinto y me callé. Entonces vi una cosa que flotaba cerca de mí y le salí al encuentro, y menos mal que era un palo enorme porque me salvó la vida; ni supe bien cuánto tiempo estuve en alta mar agarrado a aquel madero, por suerte el vigía de otro barco me descubrió con su catalejo y dio el aviso. Su capitán, hombre de ley —no como los que dejan tirados a los náufragos por no desviarse de su ruta a averiguar— me recogió y me llevó con ellos al puerto de Veracruz, porque no iban para otro lugar.

Ser joven es una maravilla. A los dos días ya yo andaba por el barco sin grandes males y hasta contento, sólo que con un rumbo muy distinto al que tenía cuando salí del puerto de Las Palmas. Aunque la verdad es que esto no me parecía tan grave, al cabo sólo yo sabía que mis islas estaban cerca de África, todo lo demás se hallaba lejos. México o Venezuela igual seguro eran América, lo que ya me parecía bastante.

Ya sabes que me gustan los puertos, y eso no ha tenido remedio nunca, ni con todo lo que me enseñó *mi florecita* sobre su selva y sus costumbres me pude olvidar de los puertos. En cuanto ella me decía "Hay que ir a vender los cestos al mercado del puerto" yo salía con ella que parecía un pescado con patas, rápido para acercarme al agua. A Xóchitl, *mi florecita*, siempre le compraban más. La conocí justo en aquella plaza, tenía los cestos al pie de su falda, y los colores de su blusa me gustaron como los de mi país. Aunque me iba esa tarde en un barco de pesca a la mar caliente del golfo —era mi segundo viaje desde que llegué de náufrago— me le acerqué en cuanto la vi, y ella me preguntó con su voz que entonaba el español a la manera de los de su raza: "¿Cuántas cestas quiere mi patroncito?" "Una", dije por decir algo y señalé la que tropezaba con su vestido. "Es la más linda, mi patrón. Solo cuesta... tres pesitos." Me sonreía, y te juro que no era como la tenue sonrisa que los vendedores indios le regalan a cualquiera para vender más. Creo que ella se enamoró de mí igual que yo, como se dice por ahí "a primera vista". "Guárdame la cesta, vengo a buscarla cuando regrese del mar", le aseguré.

Entonces fue cuando me dijo su nombre para que preguntara por ella si no la encontraba en el mismo sitio, "Xóchitl" oí y lo estuve ensayando toda esa semana. Lo repetía mientras aseaba el barco, mientras lanzaba las redes, mientras arriaba las velas. Alguien me dijo que aquella palabra tan querida significaba en náhuatl flor y mi emoción fue mayor. Tan pronto desembarqué caminé derecho hacia las cestas, y como si no fuera yo de lo inspirado que me puse le dije: "¡Florecita, quiero cuidar de ti!"

Nos fuimos a vivir juntos a una choza. Sus parientes que viajaban con ella a vender en el mercado le hicieron muchos desplantes, y los españoles que encontraba yo por el puerto me preguntaban intrigados "¿Es verdad que vives con una india?" Y yo todavía quisiera saber, a pesar de que ya estoy tan viejo, quién le da permiso a nadie para meterse en las cosas de otro; pero no me importaba, porque era tan feliz como se puede ser en este mundo. Cuando pasó el tiempo fuimos al poblado de sus padres. Me gustó allí, con la selva tan cerca y muy nuevas costumbres. Aprendí de todo lo que ella sabía, y rápido me hice a conocer el náhuatl para que no se pudieran burlar de mí los lugareños. Pero al poco tiempo llegó una epidemia y salí huyendo con *mi florecita*, de nuevo para Veracruz.

Cuando llegamos al puerto, vimos entrar a un gran barco y ella se fue al mercado para tratar de venderle las cestas a los que llegaban. Esa vez no la acompañé porque iba a buscar trabajo de estibador a la oficina de la naviera, que era dinero seguro, no como las cestas que a veces no se vendían. Después supe que hay cosas que salen de uno a las que hay que hacerle caso, porque cuando nos separamos sentí el estómago apretado de presentimiento. Y así fue, al rato me la trajeron con vómitos y muchos malos síntomas, la epidemia había viajado con ella y se me moría. Vino rápido el curandero y nada, trajimos en un carro al doctor, pero *mi florecita* se murió.

Después de muchos días tirado en mi choza sin comer ni querer hablar con nadie, un paisano vino a buscarme. "Ven conmigo, necesitas un cambio, ¡vámonos a la capital!" Lo seguí, porque algo tenía que hacer. Hicimos un viaje largo por carreteras peligrosas y yo iba como sonámbulo, así llegamos a la gran ciudad con montañas alrededor, mucha gente elegante caminaba por las calles, pero también seres sencillos y una muchacha india que vendía cestas mostraba las suyas alzándolas. Mi paisano me jaló para alejarme, y volví a caminar entre aquellos edificios majestuosos como los que veía en las fotos de Madrid que enseñaban en Canarias. Y como estaba vivo y tenía que comer, pronto me coloqué a trabajar en la cocina de un hotel para sacar los reales, porque no nos enseñaron a ser indigentes —y tú lo sabes— y desde entonces no he hecho más que limpiar los platos de la ciudad: platos de políticos que comen bastante, platos de cantantes que dejan todo, platos de gringos embarrados de catsup, platos y más platos. De esa forma pasaron los años, nunca llegué a Venezuela, pero no se está mal aquí, lo único que no me gusta es que de vez en cuando todavía me dicen igual que a los españoles de la península "gachupín". De nada vale que les explique que mi patria es Canarias, pero bueno, da igual.

Todavía no sé escribir, y ya ni falta me hace, aún se encuentran almas buenas como esta que me ayudó a contarte mi historia. Y si hasta ahora no sabías de mí no es porque te haya olvidado en tantos años, sino porque siempre pensaba en regresar un día a Canarias para poder contarte todo tirados bajo los botes en la playa de las Canteras, como cuando éramos niños, antes de que mamá muriera. Ahora me siento enfermo, y no creo que pueda llegar tan lejos para verte, sólo voy a hacer un viaje después que me muera: quiero que me entierren en Veracruz, cerca de ella. Mientras espero, a veces camino despacio en las mañanas hasta el parque de Chapultepec para ver las ardillas, porque me traen algo dulce que me recuerda a mi flor; y en las noches, desde la ventana, miro la rojura del cielo contaminado sobre las casas y calladito sueño con el mar.

Margarito Flores

A Margarito Flores no se lo llevó el maremoto. Las olas arrancaron la casa, el gallinero y la cerca, mientras que la joven Lala se agarraba a él sin parar de pedirle que no la soltara, porque no podía salvarse sola a causa de sus ojos ciegos. Y ahora que el mar había vuelto a su sitio reconocía que aquella ceguera de Lala era lo que los había salvado, la ceguera y el ficus que él sembró 50 años atrás.

Estaba dormido cuando Lala lo sacudió por la cintura. Había sentido el movimiento imperceptible de la tierra, "un sacudón", decía ella aterrada, y al viento demasiado salado que no llegaba más que cuando traía desgracias. "Vámonos, Margarito", le pedía a gritos, y como él se había acostumbrado a sus presagios otra vez le hizo caso y salió, a tiempo para ver la gran ola que venía y afincarse con Lala entre el ficus y el único muro de piedras que las raíces del poderoso árbol no habían podido resquebrajar.

Ahora Lala volvía a estar tranquila en la choza rehecha de maderos mojados que dejó la inunda-

51

ción. A pesar de su mocedad Lala se mantenía a su lado, tal vez porque no le podía ver las arrugas, o porque del sobrado trabajo en su larga vida todavía él conservaba el cuerpo duro, y todo se le sustentaba duro de comer pescado, que es lo que mantiene a un hombre como tiene que estar. Pero a dónde podría dejarla ir aunque quisiera, una mujer ciega es un cebo para tanto desgraciado que apenas verla quiere lanzarle en la cara nublada su roña animal.

Margarito no era un hombre alegre, jamás lo había sido, ni siquiera antes de que plantara el ficus para que lo ayudara en sus recuerdos. Cuando Lala apareció en su camino supo de sus desgracias sin que ella se las contara, que no eran sólo su falta de visión, ni su suciedad y pobreza, sino ser la única con cuneta entre las piernas en una familia sin madre que la cuidara. El padre la había usado ya dos veces y ahora el hermano mayor consideraba llegado su turno. La joven espantada salió al patio, y del patio al campo que olía mejor y así se alejó entre los terrones y piedras dando tumbos hasta que escuchó un caballo. Era un caballo forastero, porque el de su casa no sonaba igual y de éste llegaba además vaho a marisco. Margarito detuvo el caballo y la hizo subir, y ella se fue con aquel vendedor de pescado de voz aplacada, que la trataba de calmar sin parar la marcha, para dejar atrás tanta mengua y ahogo que conocía; sólo se agarró fuerte a su espalda para no caer en el trote. Luego le dijo que no le tuvo miedo porque su voz sonaba concisa y serena, como las primeras gotas del aguacero contra el cartón tabla del techo, que no dejaban duda de lo que iba a ocurrir afuera.

Margarito no la contradecía, aunque no tenía tan buen oído había cosas del amor y la tragedia que podía reconocer al instante, y por eso picó espuelas al encontrarla hasta que estuvieron lejos. Lo mismo debió haber hecho aquella vez en El Salvador, cuando se alejó por primera vez de su casa con la ligereza de sus dieciocho años en busca de un encargo de su padre que comerciaba en toda la costa. Entonces había cabalgado tres días completos desde Pochomil hacia el norte por los caminos más cercanos al mar para no perderse, únicamente descansaba en las noches tirado solitario en la arena y tras asar alguna iguana se dormía con el canto de las lechuzas iluminadas por la luna llena y la cacofonía del oleaje del océano Pacífico.

Por fin llegó al pueblo marinero de su destino, y allí también halló a Noemí; al verla por primera vez junto a un solitario ficus al borde del camino supo que ella sufría y que la iba a amar. Después ya no quiso irse solo de regreso a su país Nicaragua, y se la pidió a la madre. La mujer oyó la joven voz enamorada y deseó bendecirlo, pero no le alcanzó el gesto porque otra vez cayó en su sopor de enferma que apenas podía moverse en el camastro de sábana amarilla. Noemí desvió la mirada y él comprendió que la única forma de estar con ella era quedarse allí. Nomás llevaría el encargo de su padre y le daría razones para regresar a vuelta de caballo a trabajar por los dos.

Noemí sabía tocar la guitarra, cantaba con seriedad las más trágicas canciones mexicanas de moda en Centroamérica convencida de la verdad de sus mensajes desgarradores, y en el caserío despoblado de radios le pagaban por su música. Margarito la escuchó por última vez debajo del ficus antes de despedirse, y fue todo el camino de regreso recordando su cara y su voz; apenas el caballo aguantaba la marcha y su nostalgia. Iba a regresar en menos de una semana.

Era sábado y Noemí tomó su guitarra. Los forasteros llegaban ese día al bar y se podía ganar más, por lo que ella se paró en la puerta abierta y tres ganaderos borrachos la llamaron en seguida desde una mesa; uno de ellos con la piel manchada le pidió que cantara *Juan Charrasqueado*. Noemí avanzó hacia ellos, alzó su mentón quinceañero y rasgó la guitarra, era su primer trabajo en el día y cantó la ranchera con pasión. El hombre que se la había pedido sacó de su bolsillo unas monedas, y en el gesto torpe de alcohol su mano veteada chocó con el revólver de su cinto y las monedas cayeron al piso. Noemí las recogió entre las colillas y escu-

pitajos y otro hombre de pie pegado a la barra se
volteó, su mirada bajo el sombrero de vaquero se
clavó en el rizado escote de la blusa de la jovencita
que ya se levantaba con las monedas y las guardaba
en un pañuelo para volver a pararse junto a la mesa
de los ganaderos que le pedían que repitiera. Volvió
a cantar *Juan Charrasqueado* y nuevamente el ganadero hurgó en sus bolsillos. Los hombres senta-
dos no quisieron que ella se fuera, mientras el de
la barra que la seguía mirando se acomodaba con
naturalidad el sexo y el revólver y mantenía la mano
en la frontera, sobre la hebilla de su cinto. De repente, bajó la pierna que apoyaba en el quicio
debajo del mostrador y fue a dar un paso, quería
traer a la barra a la cantante, pero el ganadero de
piel manchada se adelantó y volvió a pedirle *Juan
Charrasqueado*. El vaquero de la barra se detuvo
irritado, entonces fijó sus ojos retadores en el que
había hablado y luego en Noemí para ordenarle:
"No cantes más esa canción".

El ganadero sentado enfocó al otro vaquero tan
armado como él y sin dejar de mirarlo bajó la
mano para deslizarla por su cinto, los demás empezaron a incorporarse excitados, entonces él
lanzó una risotada y volvió a meter la mano en su
bolsillo para sacar unos billetes que ostentó en el
aire. "Si la vuelve a cantar la mato", machacó
agriamente el de la barra que echó para atrás su
sombrero. El de la piel manchada levantó aún más

los billetes, y los acercó a la cara de Noemí, que miró de soslayo al del sombrero antes de agarrar velozmente el dinero para guardárselo en la blusa; no era la primera vez que la beneficiaban las excentricidades de los clientes, luego se puso de espaldas a la barra, levantó la guitarra, cerró los ojos y volvió a empezar, pero esta vez no pasaba de "la hacienda de la flor", cuando un estruendo hizo retumbar las copas baratas y una bala atravesó su corazón.

Nadie le avisó a Margarito Flor, que ya venía atravesando Honduras de regreso en su caballo. Traía un cofrecito de madera con un anillo de plata y en la alforja cargaba sus botas de los domingos y sus pocas pertenencias. Cuando llegó al ficus al borde del camino no sintió cerca la presencia de Noemí, siguió sin detenerse a la casucha junto al mar, la puerta estaba abierta y unas gallinas se habían acomodado en el camastro vacío de la enferma. Los niños de la playa le dijeron que ya no vivía nadie allí, porque a Noemí la habían matado en el bar y a la madre se la llevó una parienta.

Margarito subió a su cansado caballo y lo hizo volver a correr a tanto galope por la costa que las herraduras se le deshicieron y estuvo a punto de desbarrancarse. Entonces se tiraron los dos en la arena, y él se desbarrancó de llanto durante horas, hasta que tuvo que volver a andar.

Sólo cuando vio a la ciega Lala tan desvalida en aquel camino más de medio siglo después pudo detenerse de nuevo, para subirla a su caballo y llevarla con él a la casita junto al viejo ficus. Y ahora que sabía que estaba preñada, ni el mar se la podría quitar.

La mujer gaviota

La mujer gaviota casi nunca se peinaba el cabello. Sólo si llovía, sacaba de su rasgado bolsillo el peine que su padre había labrado para ella, diente a diente, con un viejo instrumento aserrado en una concha del mar. Su padre era el farero y cuando murió, la madre siguió siendo la farera, hasta que se volvió loca y se encerró a mirar el mar por un agujero entre las lajas de la pared de su choza bajo el faro, sin volver a salir de la irregular casa de piedra, mientras su hija Marina, la mujer gaviota, seguía, casi tan loca como ella, hablando con los pájaros de la playa en su lenguaje de graznidos y encendiendo el faro cada atardecer.

Los cargueros pasaban esporádicos frente a la peñascosa isla, donde todos los marinos sabían que una mujer armada era quien se encargaba del faro. El único barco que se acercaba era la patera, que llegaba a traer agua y comida para las solitarias habitantes del islote, y ante el hosco recibimiento de las aves desacostumbradas a extraños y el silencio absoluto, primero de la madre y luego de la hija que los miraba con ojos desvariados, optaron por dejar siempre las provisiones en el muelle y seguir su travesía hacia el puertecito costeño a varias millas para llevar el correo a la península. Nadie le escribía a las mujeres de la isla, nadie sabía nada de la vida anterior de la familia, más que el hombre y su mujer habían llegado a trabajar al despoblado islote del faro veinte años atrás con una niña en brazos; el hombre había muerto tiempo después, y allí se habían quedado hasta entonces las hembras poniendo la luz en el camino de los barcos puntualmente, sin fallar nunca. Tanto la madre como el padre habían sido personas de pocas palabras, y la hija se acostumbró al silencio de los humanos y se habituó a las voces de las aves de la playa que sólo revoloteaban sobre ella si se les acercaba con las sobras. Cada temporada, Marina esperaba a las aves visitantes para entretenerse, sabía cuáles llegarían esa semana y cuáles tardaban aún en aterrizar de su largo y misterioso vuelo sobre el mar, las recién llegadas no le temían porque veían a las otras aves en el islote comportarse delante de ella como ante cualquier especie no agresiva del rocoso ecosistema.

Un amanecer la patera se acercó a la isla y Marina abrió los ojos. El ruido del barco era el único sonido ajeno al del mar y de las aves que se escuchaba en la isla. Marina salió de la cabaña con la escopeta que siempre cargaba cuando se acercaban

humanos, y se desplazó hasta el muelle para comprobar que los hombres dejaran las provisiones y
se marcharan. Eran los mismos marineros que
venían desde hacía años, sólo que en esta ocasión
un joven nuevo los acompañaba y después de
descargar las cajas y ayudar con los bidones de
agua, aquel trepó al bajo acantilado para echarle
un vistazo al islote. Del lado Oeste estaba empi-
nada la otra costa, también rocosa, y el joven
descendió por el disparejo arrecife, curioso por
los cientos de cabecitas que empollaban sus huevos sobre la grisácea roca. Las gaviotas sintieron
el peligro y despegaron con gran gritería, el joven
se tapó primero los oídos pero las aves se le acercaban peligrosamente en rápidas pasadas y temió
que le sacaran un ojo con sus picos de punta
curva o más bien con sus patas que lo rozaban en
el ataque, entonces se agachó y trató de cubrirse
la cabeza que ocultó entre las piernas. Marina
soltó el rifle y corrió al borde rocoso para corear-
les a las gaviotas sus propias y escandalosas voces
estridentes, igual que cuando las veía perseguirse
para quitarse la comida. El joven alzó la vista y
volvió a esconder la cabeza, miedoso entonces de
la desaliñada mujer de ojos de loca y enmarañado
pelo color melaza que hablaba con los pájaros en
su lenguaje, pero la curiosidad le hizo alzar un
tanto la cara para ver cómo las aves se calmaban
con sus vocablos y regresaban aplacadas a los hue-

vos; sólo se volvieron a alborotar cuando él se lanzó a correr de regreso al barco para contar lo que había visto, sin que los viejos marinos, hastiados de historias fabulosas, le dedicaran más que unos minutos antes de recoger el cabo que los ataba al muelle y reiniciar su viaje. El muchacho volvió mohíno a sus funciones y miró fruncido el peñasco carrasposo detrás del muelle por donde la mujer había desaparecido, mientras los demás marineros inmersos en el trasiego del desatraco se olvidaron de él.

Tan sólo quince días habían pasado cuando Marina escuchó en la noche el ruido ronco de un barco que se aproximaba. No era la patera, pues aún faltaban otras dos semanas para que le tocara regresar y su sonido era más apagado, como si nunca tuviera apuro por detenerse en el muelle del faro. El barco que se acercaba se escuchaba ansioso por atracar, y a pesar del mal tiempo que revolvía el mar y hacía que el viento traspasara ruidoso el islote y rasgara en su poca vegetación la música silbante de siempre, el sonido llegaba a la choza junto al faro con suficiente fuerza para que la farera se levantara desconfiada y cargara con su rifle hasta el peñón, donde podía espiar a los que entraban en el esbozo de ensenada. Cuatro hombres en un yate pequeño, pero bastante potente, maniobraban sin demasiada presteza hasta lograr pegarlo al muelle, uno de ellos saltó a tierra

y amarró la soga que le lanzaron de a bordo. Enseguida los otros bajaron también a tierra quedando iluminados por una luz que salía de la popa
del yate, y Marina vio las armas que llevaban en
las cartucheras pegadas a sus cuerpos.

Marina recordó a su madre que dormía soli-
taria en la choza y corrió a juntársele sin soltar
su rifle. Desde adentro cerró la única puerta y
las dos ventanas con trancas gordas que amarra-
ba con soga, igual que cuando se acercaban los
vendavales, metió el cañón de la escopeta por
una ranura en la intersección de las rocas junto
a la cama de su madre, como había aprendido
de ella, y se dispuso a aguardar. Al cabo de un
rato sintió a los intrusos acercarse, parecían
confiados, y no esperó a que llegaran, sino que
disparó: la bala pasó sobre sus cabezas. Los hombres lanzaron una exclamación y se tiraron al
piso y aunque uno de ellos gritó "No disparen",
otro de los de su grupo ya había sacado diestra-
mente su pistola y vaciaba el peine contra la
cabaña; las astillas de piedra saltaron y algunos
plomos se clavaron hondo en la madera de las
ventanas. La loca despertó asustada en su camastro, y a pesar de que nunca hablaba inició un
quejido que fue elevándose de tono, su hija
trató de calmarla meciéndola con un brazo,
mientras con el otro sostenía el rifle para que no
se saliera del agujero. Afuera se oyó al que había

hablado antes, ordenaba que se retiraran. "Es la farera maniática, ¡ya nos lo habían advertido!", les explicaba a los hombres. Y decidieron regresar al barco, sin curiosear más el islote, a esperar a que el mar les permitiera marcharse. En verdad lo único que les interesaba era descansar esa noche en tierra y al día siguiente seguir en busca del cargamento prohibido que les iban a traspasar en altamar.

Marina no durmió esa noche. Aunque los intrusos armados no regresaron y ni siquiera se escuchaban sus voces a lo lejos, estaba segura de que aún se hallaban en el islote. Muy temprano abrió la puerta, y esta vez la cerró desde afuera de una manera que a cualquiera sin maña le sería difícil encontrar la combinación para desempotrarla, luego caminó cautelosa hasta el peñón para espiar a los hombres. El barco estaba allí, pero ellos no se veían y Marina presintió que estarían del otro lado del islote. Con menos cautela de la que había tenido hasta el momento para no dejarse ver, saltó por los riscos para llegar al acantilado. Abajo estaban los cuatro hombres que caminaban en el escalonado arrecife cubierto de huevos sin demasiado cuidado, las gaviotas desesperadas volaban sobre ellos que las espantaban entre risas, mientras se lanzaban los pintados huevos en un juego en el que la mayoría de los embriones se estrellaban en las puntiagudas rocas. Dispersos en el paisaje, unos pocos polluelos pardos, que apenas habían salido del cascarón, clamaban su comida sin enterarse del desastre. Marina alzó su rifle y le apuntó al hombre que se agachaba a agarrar tres de los verdosos huevos de una oquedad y disparó, el sujeto cayó herido en una pierna a la vez que Marina caía también atravesada por la bala del ágil tirador del grupo que la había visto lista para el ataque.

Cuando pasaron quince días, la patera de suministro se acercó con su motor ronroneante al islote. El mar estaba tranquilo y los marinos no tuvieron ningún problema para atracar, el muchacho, que ya llevaba más de un mes en la tripulación, fue el primero en descender con las cajas de alimentos; entre dos marineros cargaron los bidones de agua, pero al recoger los bidones anteriores, como hacían en cada viaje, les llamó la atención que sólo uno se había vaciado. Siempre la farera los dejaba secos durante el mes, a menos que lloviera y ella recogiera agua en la choza y entonces no bajaba hasta el muelle para acarrearla, pero en esta época no caía ni una pinta del cielo. "Tendremos que investigar", dijo el viejo patrón y se dirigió a la choza. Hasta ese momento no le había dado importancia al comentario de los tripulantes del carguero que había entrado al puerto días atrás, decían no haber visto encendido el faro; era tiempo muerto y muy pocos barcos se movían por la región.

El muchacho ni siquiera le prestó atención a la preocupación de los viejos marinos, sino que apenas descargó las cajas caminó en dirección a la erizada costa del otro lado del acantilado; llevaba un mes en el barco pensando en volver a presenciar el espectáculo de la mujer que hablaba con los pájaros. Esta vez no iría asustado.

En la distancia se divisaba un bulto con detalles de colores que destacaba entre el blanco y negro de las gaviotas y el gris de la roca, y se encaminó hacia allá. Ya todos los polluelos habían nacido y su sonido agudo y el ruido de las aves adultas que despegaban estresadas por la visita era ensordecedor. Corrió para evadirlas, y sin darse cuenta casi cae encima del bulto de harapos coloridos, que cubría huesos y carne putrefacta, del que escaparon unos cangrejos con las tenazas alzadas. Una mata de pelo color melaza era atacada por algunas aves que quizás querían remolcar las hebras a su nido. Y mientras él se sujetaba el estómago para vomitar, una de las gaviotas se posó en el amasijo para hurgar, y luego volvió a elevarse afanada en sostener en el pico un pegajoso peine de concha de nácar, impregnado de la arenisca y algas secas que el viento no cesaba de arrastrar desde la rompiente por la falda dispareja del árido talud.

La venganza de Andrópov

El capitán Andrópov se empinó el último sorbo de té y lo movió a un lado y otro de los cachetes para arrastrar los restos de comida de sus parcheadas muelas, antes de encender la pipa. Casi enseguida se expandió a su alrededor el horrible aroma del barato tabaco ruso que lo acompañaba siempre, sólo que en el insuficientemente ventilado comedor del barco mercante el penetrante humo, mezclado a otros olores que provenían también de la esquina del capitán, se hacía nauseabundo. Una vez más un musculoso camarero de cabeza rapada que aguardaba las órdenes del capitán se apuró en rellenarle la taza, mientras el otro camarero, tan huesudo como ágil, recogía aprisa las mesas para escapar cuanto antes al aire fresco. La insistencia del capitán Andrópov en fumar aquella bazofia de humo dulzón era insultante, sobre todo porque mantenía apiladas en su camarote las cajas de excelentes habanos y picadura que le habían regalado en el puerto los proveedores del cargamento de tabaco caribeño que viajaba en las bodegas. Pero ni siquiera el olor de ese otro tabaco hubiera sido bastante bueno para los dos camareros, y para el joven ayudante de cocina de rubicunda cola de caballo que siempre los acompañaba. Los tres preferían disfrutar en las noches de sus propios cigarrillos rellenados con un poco de hachís, cuando el trasiego en cubierta se aquietaba y sólo tenían que cuidar de no ser vistos por la guardia del puente de mando, más atenta a la navegación y a las máquinas que a lo que podía ocurrir alrededor.

No solo el personal del comedor padecía las costumbres del capitán Andrópov. El resto de la tripulación apenas soportaba su gesto al elevar las cejas de largos pelos amarillos y grises, que hacía ver más expresivos sus tozudos ojillos azules en el momento en que daba las órdenes, y no había quien no detestara el duro acento de sus frases en español, chino o inglés cuando le parecía que alguien reaccionaba lento en las maniobras. Pero, sin duda, lo que todos odiaban más era aquel persistente olor a ajo con sudor de varios días que escapaba del impoluto uniforme galoneado del capitán con el que cubría su corpulenta anatomía de oso. El horrible hedor se mezclaba con el del barato tabaco que lo envolvía siempre volviendo el entorno una atmósfera irrespirable. Si bien el barco navegaba bajo bandera panameña para pagar menos impuestos, la tripulación contratada por la naviera en Estados Unidos tenía diferentes orígenes, principalmente latinoamericano, italiano y asiático. Todos se conocían los mutuos olores y se toleraban las manías… únicamente el capitán ruso desentonaba.

Más allá de la distancia natural a causa de su jerarquía de capitán, Andrópov actuaba siempre como un solitario. Pocas veces se le escuchaba cruzar palabras con los oficiales que no estuvieran en servicio, y a los marineros que encontraba en cubierta lo único que les garantizaba era un fastidioso carraspeo para que desaparecieran de su vista cuando quería quedarse señero, de cara al mar, apoyado en la baranda del ala de estribor del puente con una pierna delante de la otra para armonizar con el cabeceo del buque.

Al cabo de quince días de navegación, los dos camareros y el inseparable ayudante se mostraban cansados de la travesía. El capitán adquirió la costumbre de pedir cada vez más té, mientras se regodeaba con su pipa; y siempre el mismo musculoso camarero se apresuraba en dejar caer el tambaleante líquido caliente en la taza para luego apartar su chata nariz tan aprisa como podía de Andrópov, ya que desde niño era extremadamente sensible a los olores penosos. Con la justificación de recargar su jarra, el fuerte camarero se refugiaba por largos ratos dentro de la cocina con sus amigos, donde a esa hora actuaban libremente porque el cocinero chino les dejaba la tarea de preparar el té. Y no sólo en esto el chino rompía con la fama de sus coterráneos, sino también en que sus platillos jamás alcanzaban calidad para ser llamados exóticos o tradicionales de ningún sitio. Si había sido contratado a pesar de su endeble credencial de cocinero, fue a causa de sus ojos rasgados y de que ya se acercaba el día de zarpar sin que el contratista hubiera conseguido quien ocupara aquel puesto esencial en el barco. Pero Andrópov no se cuestionaba los sabores, ni siquiera los de los platos más infames, sino que se los tragaba con apetito y repetía algunos sin apuro para iniciar después su sesión de pipa y té, ajeno a los tres hombres que se parapetaban tan lejos de él como les permitía el espacio de esa parte del barco. Este era el primer viaje a alta mar del camarero rapado y del ayudante de cocina, y lo habían logrado gracias a la gestión del mañoso contratista, capaz de contratar o de conseguir licencias de marinero —o la que fuera necesaria— al que le pagara bien. En esta ocasión, la paga provino de aquellos tres hombres, entusiasmados con la idea del camarero huesudo, que era experto en el trabajo de los barcos.

Los tres hombres del comedor se habían conocido en un tugurio de Miami Beach y desde entonces fueron inseparables, más aún desde la noche en que aceptaron juntos una peligrosa encomienda. Estaban medio borrachos cuando se les acercó un alto rubio vestido con elegancia que ya había tenido tratos con el rapado alguna vez. La operación era sencilla, y les salió perfecta, recibieron la mercancía prohibida en la playa, y ya se encaminaban hacia el sitio acordado con el rubio para entregarla, cuando el rapado cambió de idea, sólo tuvieron que variar el rumbo sin que quien los esperaba los viera. Así que tras mal vender la droga lo antes posible cerca del puente de Normandy Island, se largaron los tres de juergas a Fort Lauderdale, y hubieran seguido disfrutando de aquel "golpe de suerte", a no ser porque se enteraron de que el enfurecido rubio se hallaba en la pista para encontrarlos. A sugerencia del huesudo, que ya sabía cómo evadir esas situaciones, escogieron la vida calmada en un barco mercante que los alejaría por un tiempo de la costa. Y ahora, desde la cocina de aquel viejo barco recordaban con añoranza sus episodios de disipada vida costera, mientras esperaban las órdenes del maniático oficial ruso de nombre Andrópov.

Casi siempre, después de su larga sesión de té y pipa, Andrópov regresaba desplazándose con arrogante lentitud hacia su camarote y nadie lo volvía a ver hasta la mañana siguiente, absolutamente limpio —a ojos vistas—, la barba alisada con agua y el pelo perfectamente peinado hacia atrás con abundante vaselina, todo en contraste con su olor que delataba a la distancia un día más sin que el capitán usara desodorante, ni la ducha de su baño privado: el más amplio del buque.

Una noche que ya habían pasado más de tres horas desde que los camareros cerraran el comedor, Andrópov reapareció en cubierta con la camisa semiabierta y los zapatos sin abrochar, la pipa asomaba esta vez apagada dentro de su bolsillo. Aunque al amanecer debía estar despierto para cubrir su guardia en el puente de mando, no podía dormir. A esa hora la cubierta del barco solía estar siempre desierta, por lo que lo contrarió tropezar con los tres hombres que fumaban justamente en su sitio predilecto, apenas iluminados por un poco de luna. El capitán lanzó su peculiar aclaración de garganta y esperó impaciente a que los que compartían un cigarrillo de espaldas se retiraran. Los fumadores voltearon la cabeza despacio y reconocieron al capitán, pero Andrópov sólo repitió su carrasposo aviso, sin demostrar ninguna familiaridad con los hombres que lo atendían diariamente en el comedor. Entonces le llegó el singular olor del hachís de los fumadores, que a decir verdad esa noche ya habían bautizado su nariz con otros elementos.

El capitán alzó las cejas en su distintivo gesto de mando. Las drogas y el alcohol estaban prohibidos a bordo, y mucho más serio se había vuelto el asunto desde que tiempo atrás un capitán borracho había hecho encallar su barco en Alaska derramando miles de barriles de petróleo en una extendida tragedia de revuelo internacional. En verdad, entonces fue cuando se prohibió tomar alcohol en los buques y hasta el propio Andrópov esperaba ansioso arribar a puerto para atiborrarse de vodka de Riga, su predilecto. Con las drogas el asunto era todavía más peligroso, transportarlas podía acarrear los más graves problemas.

Pero esta vez el capitán necesitaba recuperar el sueño y se conformó con hacer un irritado gesto, seguro de que tras esto los hombres lanzarían de inmediato el cigarrillo al mar y se perderían de su vista. ¡Bah!, en otra oportunidad podría cazarlos en lo mismo y llevarlos a juicio para hacerles perder la licencia de ejercer la profesión, si se le antojaba. Esperó unos segundos y los tres hombres siguieron indiferentes; ahora se habían puesto de frente a él, que podía ver cómo el rapado colocaba de nuevo el cigarrillo en su boca con una sonrisa audaz. El capitán dejó oír entonces una ríspida amenaza, el rapado se sobresaltó y el humo salió de golpe de sus pulmones desplazándose hasta las barbas de Andrópov. Los tres hombres lanzaron estúpidamente una risita, lo que fue demasiado para el capitán que alzó colérico el brazo para tumbar de una manotada el cigarrillo que aún sostenía el rapado y el vaho de su sobaco escapó con libertad... Instintivamente el rapado se echó hacia atrás, pero el gesto no fue suficiente para evitar que el hedor de Andrópov le diera directamente en el rostro, que se le deformó con una mueca. Sus compañeros volvieron a reírse.

Ahora Andrópov maldecía en ruso porque los otros cubrían al que se sostenía la droga con el brazo hacia el mar, y aún más iracundo se impulsó sobre ellos para alcanzar el cigarrillo. En el forcejeo la pipa se le escapó del bolsillo, con un gesto rápido se inclinó hacia el mar para agarrarla en el momento en que el musculoso rapado lo empujaba y lo hacía perder el equilibrio sobre la baranda, y sin tiempo para sujetarse Andrópov cayó del otro lado con todo el peso de su corpachón; sólo dejó tras de sí en cubierta uno de sus desabrochados zapatos, que con el impulso rodó hasta quedar estático bajo un bote salvavidas. Los camareros y el ayudante se agarraron asombrados a la misma baranda por donde había desaparecido Andrópov para entrever en las olas oscuras como éste se hundía y retornaba a la superficie, hasta que no lo vieron más. El rapado empezó a hacer un raro sonido con la boca, semejante al de las burbujas que escapan de una pecera y sus compañeros lanzaron una nerviosa risa sin quitar la vista del mar.

Quien primero reaccionó fue el joven ayudante. Tal vez aún estaban a tiempo de lanzar un salvavidas a las aguas, pero los otros encontraron inútil el esfuerzo dada la negrura del mar, tampoco les pareció buena idea dar la voz de aviso "¡Hombre al agua!" para que el barco regresara con los reflectores en busca del capitán, ya que aun en el caso de que Andrópov apareciera, ellos se verían en problemas por lo que había ocurrido. Por un rato superpusieron sus confusas ideas, hasta que decidieron guardar silencio y regresar a los camarotes. Ahora los tres sudaban a pesar del frescor en la cubierta del barco en movimiento y al camarero de los manos nervudas le entró hipo: los otros volvieron a lanzar sus estúpidas risas. Entonces tropezaron en la escalera con Lucio, al que todos llamaban Lucía a sus espaldas porque mantenía un disimulado romance con otro marinero. Lucio se hizo el desentendido y pasó junto a ellos sin saludarlos. No le interesaba ganarse también a esa hora uno de los brutales o burlones comentarios con que a veces lo acosaba la tripulación, ni tampoco ser la comidilla del barco al día siguiente.

Casi al amanecer, el primer oficial se asombró de que el puntual Andrópov no apareciera en cubierta. Esperó una hora por si excepcionalmente el capitán se había quedado dormido antes de enviar al jefe de máquinas a investigar, y el camarote vacío del capitán provocó la alarma. A las ocho de la mañana se habían revisado todos los sitios donde pudiera caber un hombre, luego se buscaron rastros de cualquier tipo y entonces un marinero descubrió el zapato de Andrópov, debajo del bote salvavidas. De inmediato partió hacia tierra por radio telegrafía y correo electrónico el alarmante aviso de la desaparición del capitán. Mientras tanto, los camareros culpables servían silenciosos el desayuno en el comedor y la tripulación empezaba intrigada sus labores diurnas. Cuando salió el último oficial del salón, el pinche surgió de la cocina y los tres cómplices se reunieron en cubierta. Esta vez no se pararon en el sitio predilecto de Andrópov, sino que caminaron hacia la popa para hablar lejos de todos. Necesitaban ponerse de acuerdo en una coartada para cuando interrogaran a la tripulación, aparte de Lucio alguien más podría haber notado que deambulaban por las escaleras a deshora, por lo que acordaron confesar que se habían quedado dormidos en cubierta y no habían visto más al capitán. Ya rodaba por el barco la versión de que Andrópov había sufrido una apoplejía sobre la baranda cuando miraba el mar y que el peso de su voluminoso torso y de su cabeza de toro le habían mal servido esta vez de contrapeso para hacerlo desaparecer del otro lado. Aquella habladuría ciertamente tenía algo de verdad, ya que Andrópov cayó a causa de su peso: el musculoso rapado sólo le había dado un empujoncito.

Faltaban menos de 24 horas para que el barco arribara a las costas europeas. Esa noche, los tres hombres no quisieron salir a cubierta después del trabajo en el comedor para no llamar la atención. También lanzaron al océano con pesar el bolsillo con restos de coca y las barras de hachís que les quedaban, pues se anunciaba un registro minucioso cuando llegaran al puerto. En el barco se mantenía la tensión; los oficiales seguían sombríos y los marineros construían hipótesis de lo que había ocurrido, hasta que uno de ellos rompió el hielo con la ocurrencia de que el capitán prefería llegar a nado a la costa que aguantar un día más la infame sazón del cocinero chino. Los únicos que sabían la verdad se rieron, se sumaban al ambiente sin demostrar ningún remordimiento, aunque a pesar de que nadie podría descubrir lo sucedido, se sentirían más serenos si renunciaban al barco, y así lo decidieron la última vez que se vieron a solas. Desde entonces enfocaron sus pensamientos en trazar un plan para desertar tan pronto llegaran a puerto. Abandonarían el buque por separado, cada uno con un argumento diferente para no despertar sospechas; en adelante no volvieron a mencionar al capitán cuando estaban a solas, sino que ahora hablaban de "la escapada".

Las horas hasta el continente se acortaban y por fin se divisó el puerto portugués. Como se esperaba, la policía marítima abordó la nave en el mismo momento en que ésta tocó tierra y pronto empezaron los interrogatorios. Los hombres que trabajaban en el comedor fueron particularmente interrogados por haber sido los últimos en atender al capitán. Lucio no confesó haberlos encontrado en el pasillo, sin embargo, precavidamente ellos sostuvieron haber regresado tarde a los camarotes, como habían acordado, aunque afirmaron no haber vuelto a ver a Andrópov desde que salió del comedor. Luego aguardaron el aviso para desembarcar igual que los demás, pero la investigación demoraba. Cuando terminaron los registros e interrogatorios, llegaron nuevos oficiales desde la capitanía del puerto que parecían exaltados y traían órdenes de mantener a la tripulación en el barco hasta nuevo aviso.

El calor del puerto y la espera irritaba los ánimos de los hombres sudorosos agrupados en la popa. Finalmente se escuchó el sonido de un helicóptero y la tripulación elevó sus ojos para verlo acercarse, a la vez que se anunciaba por el altoparlante del barco que era menester replegarse de la cubierta con el fin de dejar espacio para el aterrizaje. Los tres compinches se movieron hacia la escalerilla desconfiados de lo que iría a suceder, mientras el helicóptero descendía hasta aterrizar con precisión. Entonces descendió del aparato un alto funcionario de la naviera dueña del barco, que secaba su frente con un blanquísimo pañuelo

mientras miraba a su alrededor, lo siguió un uni-
formado oficial de rango de la capitanía del puerto, cuya cara era difícil de distinguir a causa de la
visera de su gorra, y por último, apenas cubierto
por una desmangada camiseta y una apretada
bermuda, a todas luces prestada, apareció el mismísimo capitán Andrópov con el rostro quema-
dísimo por el sol. Un murmullo se elevó entre los
tripulantes, pero Andrópov no le prestó atención,
sino que bruscamente apartó a los que estaban en
su camino y con sañuda expresión avanzó hacia
los espantados camareros y el ayudante para seña-
larlos colérico y gritarles con duro acento en inglés:
"Tú, tú y tú". Por suerte para Andrópov un barco
petrolero lo había rescatado de las olas, exhausto,
pero aún con fuerzas para contar lo ocurrido.

El camarero rapado trató de saltar a la escalerilla para escapar, pero Andrópov ya se abalanzaba
sobre él y lo aprisionaba debajo de su sobaco des-
nudo. Y mientras lo arrastraba unos pasos para
llevarlo junto a sus compinches detenidos por la
policía del puerto, las apestosas gotas de sudor del
capitán rodaron copiosas desde su axila, resbalaron
por la pelada cabeza del que lo había hecho caer
al mar y, sin parar, corrieron cálidas por las arrugas
de la cara del aterrado hombre para terminar de
colarse —olorosas y vengativas— en las oquedades
de su chata nariz.

La herencia

I

El barco de pescadores daba tumbos a estribor, a babor, repentinamente lanzaba la proa hacia el cielo para casi al instante caer como si miles de delfines lo arrastraran por la popa. Las cuerdas grasientas y otros trastos marineros se desplazaban de un lado a otro con los bruscos movimientos de la nave. El barco estaba viejo; la situación olía a naufragio.

Francisco se acomodó en el piso del comedor a esperar, los inexpertos estorbaban en las tormentas, sólo deseaba que el inesperado vendaval pasara pronto para poder llegar a donde iba, al lugar donde su noveno abuelo había escondido el tesoro.

Al principio únicamente tuvo curiosidad de aquella fantasía, cargada durante años por los antepasados y más tarde por su padre, que no quiso metérsela en la cabeza a él desde muy joven ya que haber tenido un abuelo pirata no podía ser un distintivo muy conveniente para su hijo.

Pero luego Francisco vio el mapa y empezó a creer en el tesoro; y desde que su padre murió y él cumplió veinticinco años se aferró más y más a la idea de que la herencia fuera cierta. Sin ponerse freno razonaba acerca de la leyenda, revisaba las amarillentas memorias escritas con anticuadas caligrafías femeninas que le entregó su progenitor, estudiaba el mapa trazado en pergamino con gran nivel de detalles, aprendía geografía de las Antillas, viajaba a la biblioteca, iba confirmando referencias. Pensaba en los años que habían pasado sin que nadie rescatara esa riqueza y lo poseía un extraño frenesí, mientras analizaba las fechas y construía el árbol genealógico de la familia, y siempre hallaba respuestas lógicas a su principal preocupación acerca de la veracidad de la existencia del tesoro.

El primer Francisco, el pirata, escondió el tesoro en una de las isletas al sur de la gran isla de Cuba a fines del siglo XVII. Era un hombre con sabiduría sobre ciencias y letras que se decepcionó de la corona española y había encontrado placer en la vida bucanera. Cuando los bucaneros perdieron su organización en la isla Tortuga, Francisco no se resignaba a regresar a una vida normal en España y se unió a un capitán filibustero que lo apreció principalmente por sus conocimientos geográficos y su fiereza en los abordajes. En su última batalla este primer Francisco había quedado ciego, y pidió que lo dejaran en una ensenada de Santiago de Cuba con un buen bolso de monedas de oro y sus pertenencias, entre las que se encontraba el mapa del tesoro.

No tardó una mestiza santiaguera en enamorarse del varonil español de gestos bruscos y vocabulario de sabio y tuvo con él un hermoso bebé color canela. El bebé creció y se volvió un joven serio y amante de la lectura gracias a las palabras conocedoras de su padre ciego y a los libros heredados de su mulato abuelo cubano. La biblioteca constaba de dieciséis libros disímiles de historia, anatomía y leyes y era la única riqueza que en lejanos tiempos el abuelo mulato había adquirido de su padre blanco, quien nunca tuvo hijos con su real esposa, una española enjuta y amargada, y terminó por consentir al hijo de la esclava con mañas de señorito como la lectura, muy a pesar de su mujer quien le hizo al vástago llevarse aquellos libros cuando quedó viuda para no tener nada que le recordara su existencia.

El nieto del mulato conoció la historia del tesoro por boca de su padre ciego cuando este ya era un viejo al que le costaba trabajo andar, el anciano le pedía con voz gangosa que no se la dijera a nadie hasta que ambos fueran a rescatar el tesoro. Francisco segundo escuchaba las senilidades con paciencia hasta que tiempo después encontró un auténtico mapa entre las cosas de su padre moribundo, que en los últimos minutos de vida le juró:

—Es un tesoro tan grande que no os van a alcanzar todos los órganos para disfrutarlo.

Aún con estas palabras el segundo Francisco escudriñó una vez más el viejo mapa y mientras creía y dudaba a la vez pasaron los años sin decidirse a actuar hasta que tres lustros después de haberse casado necesitó tumbar un muro en ruinas de la habitación que antes fuera de sus padres y halló oculta una extraña llave y ocho pepitas de oro. Seguramente su padre pirata había olvidado estos detalles, afortunadamente las pepitas llegaron en buen momento para pagar las deudas y la llave y el oro le hicieron creer definitivamente en la existencia del tesoro. Pasó unos días meditativo, hasta que su hijo le anunció que pronto partiría el barco en el que se iba a estudiar a España.

—Hijo, no puedes irte hasta saber un secreto —le dijo al formal jovencito colocando delante de él la antigua llave y el apergaminado mapa.

Entonces le contó que no le alcanzarían todos sus órganos para disfrutar de un tesoro oculto en una isla al sur de la isla grande. El joven dudó si partir al viejo continente o a aquella desconocida isleta con su padre, pero eran días de viruela en Santiago de Cuba, una epidemia arrasó con media ciudad y ya no sirvió de nada su decisión de rescatar el tesoro porque el segundo Francisco murió sin tiempo a más, entonces el joven de luto zarpó finalmente solitario hacia Cádiz con el mapa del tesoro en su equipaje.

Francisco Tercero pensó en el tesoro durante todo el viaje y se prometió regresar para encontrarlo, pero se casó en Andalucía a los veintiún años cuando se graduó de abogado, y en medio de su felicidad creyó que era mucho más agradable el calor de su mujer sevillana que andar por el mundo rescatando dudosos tesoros. No obstante, la pobreza tocó a su puerta cuando se hizo viejo y se arrepintió de su dejadez y como quería mejor suerte para su descendencia llamó a su única hija María Francisca, a quien le relató con gravedad la existencia del suculento tesoro sin olvidar advertirle que no le contara a su marido de aquella riqueza, ya que era un hombre de poco fiar.

—No os alcanzarían todos los órganos para disfrutar de esa riqueza si lográis encontrarla —le confesó el tercer Francisco a su hija esperanzado de que el primogénito de ésta fuera al rescate del tesoro familiar.

La lista joven se las había arreglado para aprender a leer y escribir y se le ocurrió testimoniar la historia, por lo que cuando su esposo salía se sentaba pluma en mano y luego ocultaba las hojas junto al mapa y la llave en un recóndito sitio que sólo ella conocía. Como era mujer fantasiosa también escribió que sería de mala suerte si alguno de los descendientes del pirata violaba el secreto para decírselo al marido o a la esposa. Y aunque eso resultó exagerado en algunos casos, tal vez ayudó a que el tesoro se conservara en la familia. María Francisca, o sea, la única descendiente en cuarta generación del pirata nunca tuvo hijo varón, por lo que le pasó sus escritos y el mapa con la llave antigua a su única hija María Fernanda muchos años después.

María Fernanda se casó al cumplir veintidós años y dio a luz un varón de muchas libras y gran galillo a quien llamó Francisco en honor de su bisabuelo de quien su madre le había hablado con gran cariño. Cuando este Francisco, el cuarto, llegó a joven se hizo militar, y no tardaron en mandarlo a la guerra de Cuba, patria de aquel bisabuelo cuyo nombre llevaba. Era el año 1870. El día antes de su partida la madre hizo un hatillo con algunos de sus objetos y colocó adentro cuidadosamente el mapa, la llave que había pasado de generación en generación y la historia escrita por la abuela. El muchacho se entusiasmó con la noticia del tesoro.

—¡Vendré rico, compraremos tierras! —dijo antes de partir.

—Seguramente —confirmó su madre—. No nos van a alcanzar todos nuestros órganos para poder disfrutar algún día de tanta riqueza.

En la isla el joven militar pronto amó a una criolla oriunda de La Habana, y tuvo una hija. La niña crecía rápido, la guerra de los diez años aún no terminaba y el hombre estaba impaciente por conseguir el tiempo para ir en busca del tesoro sin que lo consideraran desertor. Años después concluyó la guerra, pero su esposa enfermó de gravedad, se adueñó de ella una terrible parálisis y el hombre la atendía con devoción. Pensó encargar a alguien para que la cuidara: necesitaba ir en busca del tesoro, tal vez con ese dinero podría llevar a la enferma a un médico de Nueva York. Empezó a averiguar la forma de llegar hasta las isletas del sur de la isla mayor de las Antillas, donde estaba enterrada la herencia, se hablaba de aquellos parajes como si estuvieran del otro lado del mundo. Se obsesionó con el tema y buscaba cualquier tipo de información sobre las alejadas isletas, sin que tras la larga guerra de independencia la gente —que tan sólo pensaba en sobrevivir la dura época— entendiera su interés.

El tiempo transcurría y él no paraba en su intención, pero una mañana su esposa amaneció muerta. El recio militar cayó en la depresión. Pasó mucho tiempo antes de que volviera al trabajo, y nunca más preguntó por aquellos islotes del Sur. Cuando su hija se casó, él decidió regresar a España, pero antes de partir llamó a la muchacha y le entregó el mapa, la llave y los viejos papeles.

—Hija, tratad de rescatarlo, no serán suficientes todos vuestros órganos para disfrutar de esa riqueza —le dijo el militar con tristeza—. Lástima que vuestra madre no podrá aprovecharla también.

La muchacha leyó el relato de su bisabuela y se quedó cavilosa durante horas, una mujer sola no podía ir al rescate de ningún tesoro, por lo que como no debía involucrar a su marido no tenía más que esperar a tener un hijo varón que la ayudara.

La descendiente en séptima generación del pirata, dio a luz dos hijos, el esperado varón a quien llamó Francisco, como era la tradición en la familia, y luego una niña llamada Amalia. El muchacho se volvió vicioso y de poco fiar apenas cumplió los quince años, por lo que la madre mantuvo la precaución de contarle sobre el tesoro nada más a su hija menor, que era juiciosa aunque no la acompañaba la suerte ya que padeció poliomielitis y quedó tullida. A pesar del defecto de su pierna, su ingenio la hacía atractiva y entre dos pretendientes escogió a uno que luego se volvió borracho como su hermano. Un día que el marido buscaba en los rincones de la casa algunas monedas para comprar más ron encontró el mapa del tesoro. Amalia se lo arrebató aterrada, forcejearon y el cayó al piso golpeándose la cabeza, al despertar había perdido la memoria y olvidó hasta su alcoholismo. Eran los primeros tiempos de la república, la mujer trabajaba como costurera para sobrevivir, habían pasado los años sin que tuviera un embarazo, y fue en esa nueva etapa sobria de su esposo antes de que recobrara la memoria que concibieron a su hijo Francisco, descendiente de la novena generación del pirata, que fue un sencillo hombre de bien y sin ninguna vocación hacia los vicios como su padre y su tío. El sexto Francisco fue heredero del secreto y del mapa del tesoro y resultó ser años más tarde el padre del séptimo Francisco, nacido en la mayor isla del Caribe en la cuarta mitad del siglo XX y que ahora daba tumbos en un barco convencido de que pronto encontraría el tesoro.

La tormenta se hacía más fuerte, las olas empeoraban y el patrón gritaba a todos que usaran los salvavidas. Francisco estaba dispuesto a salvarse junto con el mapa que indicaba el lugar donde estaba escondida su herencia, por lo que antes de obedecer, sin soltar sus piernas de la columna a la que se había agarrado, echó mano a una botella vacía que rodaba por el piso. Tenía buen corcho y con seguridad sellaría bien, finalmente se decidió, sacó el viejo mapa que traía entre las ropas, y lo puso dentro de la botella. Si las olas lo llegaban a arrastrar aún podía luchar por su vida y conservar seco el plano. La vieja llave heredada con el mapa estaba segura en uno de sus bolsillos cerrados con zíper, aunque esta sólo la llevaba de amuleto porque estaba seguro de que la cerradura del cofre del tesoro ya estaría destruida por el óxido y las tablas carcomidas por el tiempo. Lo importante era hallar el lugar y sacar de la tierra aquella herencia.

Francisco séptimo fue a amarrar la botella a su cinto para asegurarla y colocarla pegada a su cuerpo, entre la faja del pantalón y su vientre, cuando una potente ola zarandeó el barco y un reloj se desprendió de la columna a la que él se sujetaba. Sintió el golpe sobre su ceja y quedó aturdido, trató de agarrarse a la columna para no perder el equilibrio, entonces la botella rodó de sus manos escapando a cubierta y con el siguiente bandazo siguió camino al mar. Francisco apenas pudo reaccionar: la sangre que manaba de su ceja y una fuerte punzada en el ojo lo dejaban fuera de control.

II

La hinchazón de la ceja de Francisco había desaparecido, pero el ojo bajo el parche negro aún no se recuperaba. "Pareces un pirata", le había dicho ingenuamente su madre, y él sonrió con amargura, prefería mostrarse tan discreto como sus antecesores y tampoco a su madre de cuya casa nunca se había marchado le había hablado del secreto. Tres días después de que el barco atracara milagrosamente en puerto, Francisco empezó a buscar con su único ojo sano referencias en las bibliotecas acerca de las probabilidades de que alguien encontrara una botella flotante en el océano. Le aterraba que los pescadores de la plataforma insular, que conocían tan bien la zona, dieran con el mapa y fueran hasta el sitio llevados por la curiosidad; también temía a los barcos de investigación de la Academia de Ciencias con sus listos oceanógrafos duchos en cartografía, y desconfiaba de los guardias de la marina que patrullaban el archipiélago y eran expertos en burlar a los superiores entre aquellas isletas para zamparse las caguamas en época de veda. Si tan hábiles eran en moverse por las islas debían conocerlas muy bien.

Que la botella con el mapa cayera en manos de alguien capaz de descifrarlo era cuestión de suerte, así lo indicaban hallazgos en la bibliografía, como el de una de las botellas lanzadas al Antártico para conocer las corrientes marinas de los mares del sur que arribó a las costas arenosas de Nueva Zelanda y sólo fue encontrada cincuenta años después cuando los vientos erosionaron las dunas donde había quedado enterrada. Otro caso fue el de cierto explorador polar que lanzó en un recipiente a las heladas aguas un desesperado mensaje para pedir auxilio, lo descubrió décadas después un pescador ruso cuando el propio explorador ya había muerto de muerte natural en su casa en 1933.

"¡Mal número y mal año", comentó la madre de Francisco con los ojos fijos en la nota, pues como buena caribeña era supersticiosa. Francisco se dio cuenta de que la mujer no estaba ajena a los libros y recortes dispersos sobre su mesa y prefirió involucrarla en la parte anecdótica de su investigación para mantenerla alejada de su verdadera preocupación. Le contó cómo de un buque alemán a punto de naufragar lanzaron cerca de Tasmania una botella que fue recuperada en el occidente de Australia casi dos mil quinientos días después tras haber viajado alrededor del mundo; y le hizo una historia más simpática y antigua, la del decreto de la corona inglesa en el siglo XVI que prohibía abrir cualquier botella encontrada en la costa, ya que con anterioridad apareció en una botella cierto secreto político muy importante. La reina nombró un "oficial descorchador de botellas" para que se encargara de tales asuntos.

La madre de Francisco prestaba gran atención, y él acomodó el parche de su ojo para continuar con la historia del vapor Huronian que desapareció en el Atlántico. Durante meses algunas naves lo buscaron sin dar con él y nadie supo cuál había sido su suerte hasta que cinco años después se encontró una botella con el siguiente mensaje "El Huronian se hunde rápidamente. Demasiado cargado, un lado a flote. Adiós mamá y hermanos. Charlie Mc Fell, engrasador".

Cuando Francisco habló de esta tragedia volvió a recordar la suya, pues aunque él no había muerto durante la tormenta en el mar su misterio estaba en las olas. Tal vez debía apurarse y renovar los trámites para volver a subir a un barco e ir en busca del tesoro. A nadie le podía confesar su búsqueda, ni era fácil subir a un barco por cuenta propia en estos tiempos por lo que argüía motivos profesionales y se auxiliaba de los barcos de pescadores, usaba como argumento una investigación sobre el cumplimiento de las leyes de protección laboral en el mar. Porque el séptimo Francisco era abogado.

Por las noches Francisco se quitaba el negro parche del ojo y se acostaba tratando de que todo el aire del pequeño ventilador antillano le diera en la cabeza, necesitaba refrescar sus ideas, no podía dejar de pensar en que alguien encontrara el mapa y fuera al rescate del tesoro antes que él. Esa noche soñó con un andariego pie calzado por un tosco zapatón, cuyo compañero era una pata de palo que en uno de sus pasos chocó con una deslumbrante máscara brillante enterrada en la arena y su dueño se agachó a levantarla. Francisco vio entonces la cara de su finado padre en el hombre de la pata de palo, sonaba una música antigua y su padre bailó en la arena con una rubia que se guardó taimadamente en una bolsa la máscara de oro. Él trataba de avisarle a su padre pero no le salían las palabras.

El despertar fue un alivio, se acomodó el parche y salió a su trabajo en una oficina de la Habana Vieja. Por la acera de la estropeada avenida Carlos III, una mulata flaca con un tabaco en la mano se cruzó con él y sin detenerse le lanzó a la cara inesperadamente unas palabras, como solían hacer algunos santeros espontáneos.

—Encomiéndate a la Caridad del Cobre, que te van a perjudicar —le dijo la mujer que siguió por una callejuela.

Francisco no creía en la santería, pero esa vez, contrario a la indiferencia que hubiera mostrado en otro momento, dio media vuelta y trató de alcanzar a la mulata con ojos de vidente que andaba ligero junto a los edificios teñidos de churre. A pocos metros, ella se detuvo frente a la sólida puerta labrada de una antigua casona convertida en solar y Francisco la enfrentó. La mulata bajó los párpados.

—Mi hijito, tienes que encomendarte a la virgen —volvió a decirle con voz ronca—, tu ojo va a sanar pero no podrás ver todo el brillo que esperas.

Francisco insistió:

—¿Puede decirme algo más...?, ¿ve un mapa?

—No veo más nada, mi hijito —le dijo la mujer y desapareció enigmática dentro del oscuro pasillo detrás de la puerta.

En la oficina de Francisco sonó el teléfono, un amigo de la Biblioteca Nacional le tenía un artículo científico sobre ciertos estudios realizados con botellas mensajeras en las aguas del suroeste de Cuba. El hombre le explicaba: "No sé por qué te interesa tanto este tema, pero en este artículo de Blázquez y Romeu se dice que pudieron recuperar en corto tiempo un buen porcentaje de las botellas que lanzaron a las corrientes marinas y que un grupo de ellas arribaron a las costas de Estados Unidos. Si mucha gente lo supiera tal vez se montaba en una botella para emigrar"

El hombre siguió bromeando acerca de la efectividad de los objetos de deriva en el éxodo caribeño, pero Francisco ni siquiera sonrió, de acuerdo a aquella información su mapa a la deriva podía ser descubierto en cualquier momento. Dejó a un lado lo que estaba haciendo del trabajo y tomó un lápiz y un papel en blanco con la intención de dibujar lo que recordaba del mapa. Nunca se había atrevido a copiarlo por temor a duplicar la información, sin embargo de tanto estudiarlo tenía claros en la memoria todos los detalles, sabía de qué isleta se trataba, dónde debían fondear el barco, en qué dirección caminar, cerca de cuál acantilado se hallaba, junto a qué pequeño promontorio rocoso estaba la entrada de la cueva donde debía excavar. Nada más necesitaba llegar hasta el lugar en un barco y arreglárselas para convencer a los pescadores de que lo dejaran solo en la isla. Hizo trazos en el papel, no podría aspirar a la elegancia y buen gusto de su antepasado para la cartografía pero al terminar se sintió satisfecho del nuevo plano. Se levantó decidido y caminó a la oficina de los trámites de viaje, donde no le dieron buenas noticias: la reanudación de su permiso para navegar tardaría muchos días.

No quería esperar a que la casualidad llevara a otro a encontrar el mapa, y ya tenía señales de que esto podía ocurrir, así que enarboló el caduco permiso que había usado para subir al barco que la tormenta hizo regresar y entró en la oficina del director de trámites de viaje, el negro parche de su ojo y la agresiva mirada del ojo sano resultaron efectivos, y al parecer también su elocuencia de abojado porque salió de la oficina con el permiso renovado.

Otra vez cargó con la pala para excavar, y un discreto maletín con llave para colocar cuidadosamente el tesoro y traerlo asegurado a la ciudad. Todo lo puso dentro de un gran saco de lona. Habían transcurrido dos semanas desde su viaje anterior, regresó al puerto del sur y convenció a unos pescadores que salían esa noche para la zona de pesca cercana a la isla que guardaba su tesoro de que lo llevaran con ellos, era un barco pequeño, con cuatro pescadores solamente. Atardecía y el mar se veía calmado, ni una ola sobresalía de la espejada superficie, nada recordaba su viaje anterior, tendría buena suerte.

La luna estaba en creciente, la embarcación avanzaba hacia la habitual zona de trabajo y los pescadores lanzaron el curricán para tratar de atrapar los peces que suelen pegarse al anzuelo a horas tardías. Francisco mostró entusiasmo por la pesca y eso sirvió de acercamiento con el patrón que le iba enseñando la manera de manejar el arte mientras conversaba, el hombre hablaba de su dura vida y del trabajo que había pasado para echar adelante su familia, de lo difícil que era conseguir ahora el petróleo para el motor del barco y de todas las penurias de los tiempos actuales. Entonces Francisco pensó que era buen momento para llevar adelante su plan, y le habló de su abuelo pescador que murió de disentería cuarenta años atrás, cerca de una de las isletas por las que pasarían en este viaje. Cuando sus compañeros cargaban el cadáver hacia el puerto, el barco se descompuso y se vieron forzados a refugiarse en aquella isla por varios días, por lo que no tuvieron más remedio que enterrar a su abuelo allí. Ficticiamente conmovido Francisco dijo que siempre quiso visitar su tumba, y más que eso, llevar sus restos al panteón familiar como le había prometido a su madre que esperaba ansiosa el día que esto se cumpliera, tras años de gestiones burocráticas sin lograr nada.

—Sería justo —dijo el patrón comprensivo.

Ya que el patrón había reaccionado tan rápido a sus argucias, Francisco no quiso perder tiempo y le soltó la última estocada, no creía que iba a tener otra ocasión como esta para cumplir su promesa, por lo que venía preparado. Y tras decir esto le enseñó la pala y el maletín que traía en el saco para guardar "los huesos de su abuelo". El pescador se mostró aún más conmovido, los demás se acercaron y Francisco les relató de nuevo la excepcional historia, los hombres también le creyeron y se ofrecieron para acompañarlo a desenterrar al abuelo. Ese era otro problema para el séptimo Francisco que necesitaba llegar solo hasta el tesoro, tuvo que pensar rápido pues los cuatro pescadores estaban atentos a su expresión, seguros de que reaccionaría agradecido. Francisco se pasó la mano por la cara para encubrir su contrariedad hasta que terminó por aducir:

—Le hice la promesa a la Caridad del Cobre de desenterrar yo solo a mi abuelo.

Su único ojo resplandeció sentimental y los pescadores comprendieron, aunque en realidad la única promesa que realmente Francisco le había hecho a la patrona de Cuba era nunca más andar en público sin el parche en el ojo —aunque sanara— si lograba rescatar el tesoro.

El plan estaba resuelto, únicamente faltaba llegar al sitio y arribaron al mediodía del día siguiente. Fondearon a ciento cincuenta metros de la costa, en el mismo sitio donde debió anclar el barco pirata, según indicaciones de Francisco que se guiaba por su plano. Quiso remar solo hacia tierra, pero el patrón temía los imprevistos y mandó a dos de sus hombres para que lo acompañaran en el bote a la costa, lo aguardarían horas en la playa si fuera necesario.

Apenas tocaron tierra, Francisco tomó el fuerte saco de lona donde se marcaba la pala y echó a andar. Fue reconociendo todos los accidentes geográficos boceteados en su plano, tan bien señalados por el mapa del abuelo pirata con los símbolos cartográficos de hacía tres siglos. Algunas inmensas dunas de arena no recordaba haberlas visto en el perdido plano y tampoco las había marcado en el suyo, pero allí estaban el saliente del litoral que se adentraba en el mar, los montículos de arenisca petrificada cubiertos por las hojas y flores del rastreador boniato de playa, y el pequeño acantilado, buscó cerca el promontorio rocoso donde debía hallar la entrada de la cueva en que estaba el tesoro, su corazón no se aguantaba y corrió en la dirección que creía, un tábano se le posó en el brazo y lo aplastó de un manotazo. Al fin apareció el promontorio, empezaba a rodearlo para localizar la entrada y en ese momento le pareció escuchar un chiflido que venía de otra dirección. Miró hacia allí, debía ser el sonido de un animal, pero en vez de un ave o un insecto lo que descubrió tras el primer promontorio fue un segundo promontorio, se llenó de duda y de miedo, no recordaba ese otro accidente y por lo tanto no lo había dibujado en su plano, tal vez el sitio del tesoro no era este promontorio sino el otro, algo del mapa original no estaba en su memoria.

Se detuvo indeciso entre las dos elevaciones y descubrió irritado que el más joven de los pescadores se había separado de su compañero y se acercaba a largos pasos. El muchacho agitó los brazos cuando lo vio y le gritó:

—¡Venga, Francisco, aquellos hombres salieron corriendo cuando me vieron!

Francisco alcanzó al joven en un sitio más elevado del terreno y distinguió a tres hombres que escapaban del otro lado del segundo promontorio, también vio un velero fondeado a sotavento de la isleta.

—Son navegantes a vela —siguió hablando rápido el pescador con su flauteada voz de adolescente—. Se les cayó esta moneda, parece extranjera.

Y enseñó con inocencia una exótica moneda rectangular. Volvió a mirarla y exclamó:

—¡Que me maten si no es de oro!

Francisco corrió entonces al segundo promontorio, buscó la entrada de la cueva señalada en su plano y se asomó.

—¡Se lo llevaron! —gritó con los ojos desorbitados ante un hondo agujero en el suelo rodeado de arenisca recién revuelta.

Y dirigió su carrera hacia la playa seguido todo el tiempo por el joven pescador. Si los piratas se apoderaban de las riquezas ajenas, ¿cómo un descendiente de pirata podía dejarse arrebatar lo que consideraba suyo? Llegó a la costa y subió al bote, los dos marineros no se quedaron atrás, seguros de que algo trascendental ocurría, y remaron pujantes para alcanzar el barco que los esperaba.

Francisco fue el primero en saltar a la embarcación.

—¡Se lo llevaron! —gritó fuera de sí y señaló el velero que se alejaba, favorecido por el viento.

—¡Apúrense, arranquen el motor, hay que alcanzarlos! —bramó sin pensar más el patrón molesto con la noticia, apoderarse de huesos ajenos le parecía una irreverencia inaceptable, y se dirigió al timón seguido de Francisco.

Los pescadores le obedecieron y el barco echó a andar. El joven pescador que había descubierto a los intrusos terminó de acomodar el ancla y se colocó la mano sobre las cejas para otear al velero fugitivo, entonces preguntó con su voz aguda:

—¿Y para qué querrán llevarse los huesos del abuelo?

Francisco hizo un gesto de impaciencia y sin importarle ya el secreto gritó:

—¡No es mi abuelo! ¡Es un tesoro! ¡Es mi herencia!

Los asombrados pescadores se viraron hacia el patrón, el viejo marino de cara arrugada lanzó una mirada al puente donde el atormentado abogado desviaba la mirada nervioso hacia el velero de recreo que trataba de escapar al sur.

—¿Un tesoro, Francisco? —le preguntó con autoridad.

Francisco se separó de la borda bruscamente y con convicción encaró al que le hablaba.

—¡Un tesoro para todos, patrón! Y tan grande, que no nos van a alcanzar todos los órganos para disfrutarlo.

Los dos hombres se miraron francamente a los ojos, quedando sellado el pacto. El patrón subió entonces a la tapa de la nevera del pescado que sobresalía del piso y gritó con firmeza desde esa altura:

—Pelao, dale más a la máquina, ¡que se oiga el motor! Apúrate, Carmelo, busca el rifle que está en la caja. ¡Saquen los pinchos de agarrar el pescado! ¡Los extintores, traigan los extintores de incendio, y todo lo que sirva para detenerlos! ¡Vamos al rescate, mis tiburones, que se acabaron nuestras calamidades!

Y desde el puente, con fiera expresión, Francisco apoyaba las arrestadas palabras del patrón y se acomodaba el parche sobre el ojo, dispuesto para el abordaje.

Azul y otros relatos el mar se terminó de imprimir en julio de 2005, en Priz Impresos, S.A. de C.V., Sur 113-A, mnz. 33, col. Juventino Rosas, C.P. 08700, México, D.F. Composición tipográfica: Miguel Ángel Muñoz. Cuidado de la edición: Ramón Córdoba.